dear+ novel
ouchi no arika・・・・・・・・・・・・・・・・・・・・・・・・・・・・・・・・

おうちのありか イエスかノーか半分か3

一穂ミチ

新書館ディアプラス文庫

おうちのありか イエスかノーか半分か3

contents

illustration:竹美家らら

おうちのありか

Ouchi no Arika

家族をふたり失ったのは雪の日で、だから自分が死ぬ時にも雪が降るだろうか、なんて年に一度ぐらいは考えてみる。

きょうみたいに。

墓石に積もった雪を払い落とそうとしたが、捨てる場所があるでもなく、墓の上に積もろうが周りに積もろうが大差ない気がしたので手を引っ込める。つめたく硬い石が重みに耐えかねるわけもないだろうし。

花も縮《ちぢ》み上がってしまいそうな天候だから、南天《なんてん》を供《そな》えた。緑の葉とちいさな赤い実は、白と灰色ばかり映していた目が痛みを覚えそうなほど鮮《あざ》やかに映る。

片手で覆《おお》いをしながら線香に火をつける。手の甲で、雪は降った端から溶けていき、自分の温度というものを思った。体温や鼓動や、墓石に刻まれた文字を読む視神経や。こうして考えている頭と心。生きているから存在するすべて。

「きれいな南天」

花瓶《かびん》に枝を活《い》けると、祖母に好評だった。

「墓参りの残りで悪いけど」

「誘ってくれたらよかったのに」

「風邪引いたら困るだろ。これ、墓に供えて大丈夫なやつだったっけ？」

「どうして？」

「いろいろあるじゃん、いわれみたいなの」

「南天は『難を転じる』で縁起《えんぎ》がいいのよ。お正月の飾りにも使うぐらいだから」

「ふーん」

「あんまりぴんときてない顔ねえ」

「難が転んで、また転んで、結局難に戻ってきたりしない？」

「さあどうでしょう」

「悪いことがいいことになるんなら逆だってあるだろ？　いいことまで悪くなるんならへたに転んでほしくないなと思って。そのままがいいや。自分の努力とか関係なく転んじゃうんだって思ったら頑張れないし」

「何だか難しいわ。……ああ、もうこんな時間」

ニュースニュース、とリモコンでテレビをつけると、「都内積雪」のテロップが出ていた。

『ただいま気温は一度、こうして立っていても耳がぴりぴりするような冷え込みです。雪は現在止《や》んでいますが、くるぶしのあたりまで積もっています。これから夜にかけ、路面の凍結《とうけつ》に注意が必要です。交通機関にもさまざまな影響が出ています――』

「あら、あら、ちょっとそこの眼鏡取ってちょうだい。テレビ用の」

「何で、電車乗らないだろ」

「この、しゃべってる子が好きなのよ。ハンサムだし声もいいから。夜のニュースにも出てるでしょう、ほら、あなたがアニメ作ったやつ」

「うん」

「何だかね、この子が話すのを聞いてると、むずかしーいことでも、自分がちょっとおりこうになったみたいな気になれるのよ。ファンってほどじゃないんだけど、こう、ぱっとつけたテレビで映ってると、あら、きょうは運がいいわ、って得した気持ち」

「それ、立派なファンだよ」

「そう?」

「まー分かるけど。気が合うなばーちゃん」

「なあに」

「好みが一緒って言ってんの」

潮《うしお》はそう言って笑った。

ふっ、とスタジオの照明が落ちると、店じまいという感じがする。椅子もテーブルもはけ、セットも片づけられて営業終了。

「あ、悪い、もうスタジオ閉まるな」

「いえ」

オンエア終わりからそのままロケの打ち合わせをしていて、小一時間が経《た》ってしまった。歩きながら話を続ける。

「出《だ》しがたぶん、再来月《さらいげつ》になるんだわ。実際道路工事始まってからの画《え》が欲しい。だからまだ先」

「分かりました」

「で、怖いのが、議員にアポ取ってんじゃん？　うっかり解散されると……」

「いろいろややこしいですね」

「そう」

公示日《こうじび》から投開票《とうかいひょう》が終わるまで、特定の政治家にすこしでもズームするようなネタは徹底的に避けなければならないし、いざ選挙で落選の憂《う》き目を見ればそもそもインタビューした意味がない。

「てかさー、年末からやたら解散解散言い出したけど、すんの?」

んなもん知るか、そーりだいじんに訊いてこい……とは言わず、計《けい》は「どうでしょうね」と軽く流した。

「うちに出てるコメンテーターも皆意見が違うじゃん、今しかないって言ったり、今やっても損だって言ったり」

「どっちを聞いても頷けるから皆さんすごいですね」

どう転ぼうが、後付けの言い訳なんかいくらでもできるし。評論家って半分ぐらい想像家だよなと計は思っている。ディレクターと控え室の前で別れ、中に入るとまだ後輩がだらだら残ってスマホをいじっていた。

「今、解散の話してましたー?」

「軽く」

「解散するんすかねー」

だから俺に訊くなっつうの。

「皆川《みながわ》くんが直撃取材してくれたらいいんじゃないかな」

計は完全なる作り笑顔で提案した。

「あーそっかー、訊いちゃいます？　解散しとく？　やめとく～？」

「うん、その調子、頑張って。善は急げで今から行ってきたら？」

「よ～し、総理公邸前から皆川竜起《たつき》がお送りします……って捕まるでしょ俺、五万パー捕まるでしょ」

「ドンマイ」

「いやいやしませんし、いくら何でも」

何だ冗談かよ、調子に乗せたらするかと思ったのに。

「なに舌打ちしてんすか。俺が捕まったら番組も終わりますよ」

「代わりに辞表書いといてやるよ、ついでに遺言書《ゆいごんしょ》も」

「え、死刑？」

局内に人もまばらな深夜なので、素の口調に戻る。ただし、ごくごく小声。

「まじめな話、解散するならするでいいけど、早めに教えてほしいんすよね、選挙対応で日曜つぶれちゃう」

竜起のぼやきには一理ある。もし本当に衆院選となれば、投開票日はマスコミも総動員でめぼしい選挙区に張りつき、バンザイあるいは敗戦《はいせん》の弁《べん》を刻々《こくこく》と全国から中継しなければならない。すぐに当確が出れば撮るもの撮ってはいお疲れ、ですむが、接戦のところに当たるとぴりぴりしたムードの選挙事務所で何時間も待ちが発生するため、非常に疲れるし居心地が悪い。

当落の速報といっても各局ほぼ横並び、十分も差はないだろうにこんなことでしのぎを削《けず》る意味は……などと考えてはいけない。お仕事だから。

「あーでも先輩はたぶん選挙特番のスタジオですよね。麻生《あそう》メインの国江田《くにえだ》サブでしょ。朝まで出っぱなし。ドンマイ」

「うるせー、さっさと帰れ」

自分でもそんな気はしているが、改めて言われるとげんなりした。竜起を追い出して着替えをすませると、アナ部に戻ってプライベート用の携帯をチェックする。潮からのＬＩＮＥが一件。

『何時ごろ来る？』

こんなお伺いを立ててくるのは珍しい。仕事が立て込んでいるのだろうか——それならお互いにお構いなく、ですむ話。冷蔵庫の中身とベッド（やましくない意味で！）さえ提供してくれれば何の文句もございません。ひょっとして人と会う予定とか？　もう０時近いが、かたぎの職業じゃないからありえる。

別にいいけど。今日は夕方も中継あって疲れたし、今も打ち合わせで遅くなったしいつでも行けるんだからまっすぐ帰るし。残念じゃないし。

『行かない』

とシンプルに返信するとすぐに『何で？』とリターンがあった。

『用事あるんだろ』

『ないけど』

『何時ごろとか訊くから』

『いや待ち遠しかっただけ』

待ち遠しかっただけ。潮の声で再生された。それも五重ぐらいのエコーつきで。だけだけだけ……みたいな。いやいや。脳内エフェクトを振り払うように数度かぶりを振って計は「やっぱ行かねえ」と送った。

『何で』

『絶対何か企《たくら》んでる』

甘い台詞《セリフ》をしれっと吐く時もあるのだけれど、大抵は何らかのかたちでからかわれるオチとセットだからうかうかときめいてはいけない、と自戒《じかい》する。そのまま相手の出方を窺《うかが》っていると、LINEから着信に変わった。

「……何だよ」

『そんな疑り深くてかわいそーな子だな〜』

わざとらしいため息つき。

「お前が変化球ばっか投げてくるせいだろーが！」

『期待されてる気がして』

「してねーよ」

『多少ひねっとかないと、直球ばっか投げてるとお前照れ死にすんじゃん』

そんな死因はねえよ。

『で、ご期待に添えなくてわりーんだけど、ほんとにただいつ来んの？　って思っただけ。仕事キャンセル出て暇なんだよ。遊ばせろ、もとい遊ぼーぜ』

「わざと言い直してんじゃねーか！」

『じゃ、待ってるから』

ああほら、ここで絶妙のストレート投げてくんだよ。分かっているのにストライクゾーン直撃されっぱなし。

「……まだ会社なんだけど。帰って風呂入ってからだから遅くなんぞ」

『うちで入ればいいじゃん。アイス買っとく、何がいい？』

「ホームランバー」

『ほんと安上がりだな……了解』

電話を切る前、潮は「雪、まだ積もってるから」とつけ加えた。

『気ぃつけて来いよ』

じゃりじゃりとまだらなシャーベットがこびりつく道を、タクシーはゆっくり潮の家に向かった。まっすぐな長い車線で信号待ちをする時間が計は嫌いじゃない。遠くの信号から順にひとつずつ青に変わり、その光がここまで届いたら先へと進める。許されているような呼ばれているような感覚。夜の信号はまぶしいほど鮮やかだった。

潮の家の前には、アイスをパシった時のだろうか、往復の足跡が混然《こんぜん》と残っていて、ついつい自分の靴底をあてがってみる。足型の輪郭《りんかく》のほうがすこしだけ大きい。灰色の雪がじゅっと水をにじませた。

「お、おかえり」

合鍵で入ると、潮が二階から降りてくる。

「ホームランバーなかったんだけど、ハーゲンダッツのバニラでいい？」

「そこは普通ガリガリ君のいちご大福だろ。別にいいけど」

「いやさすがに読み取れねーわ」

計は脱いだコートを抱えてソファに座り込んだ。

「あー疲れた。頭洗うのもめんどい」

ぼやくと、思ってもみない提案があった。

「じゃあ洗ってやるよ」

「え」

「風呂沸いてるから、湯船で待ってな」

「え？」

「な」

語尾を繰り返して駄目押しすると、潮は計の手からコートを取り上げ、玄関脇のフックに吊るした。どうした、このサービスのよさは。いや、割と至れり尽くしてくれるほうだけど普段のそれは単純に気働きがするとかフットワークが軽いという性質の話で、極端に言えば相手が計じゃなくてもそう変わらない気がする。でもきょうはすこし違う。

仕事がキャンセル、つってたな、と計は思い出す。暇、としか聞いていないけれど、悔しかったりへこんでたり、あるのかもしれない。ならば甘えさせてやるのも必要なのか？　福利《ふくり》厚生《こうせい》的な務めを果たすというか。

素直に「慰《なぐさ》めて」って言やいいのに肝心なとこで素直じゃないっつーかプライド高いっつーか……とおおむね自分にも当てはまることをしみじみ思い、そしておもむろにふんぞり返って「よかろう！」と言った。

「え、誰？」

「心して洗え」

「なに急に殿さま感醸《かも》してんの？」

この期《ご》に及んで強がりやがって。弱音吐いても泣いちゃってもいいんだぞ、黙っててやんよ。

にわかに元気が出てきたので意気揚々《ようよう》と立ち上がり二階へ向かう、と背中に潮の視線を感じ振り返った。

「何だよ」

「いや」

潮は楽しそうに笑った。

「きょうも器用に後ろ脚だけで歩いてんな〜って」

「三十年近く二足歩行《にそくほこう》してるから！」

あれ、何だ、ただの勘違いか？　とりあえず身体だけ洗って湯船に浸《つ》かっていると本当に潮が入ってきた。プルオーバーのパーカーの袖《そで》を肘《ひじ》まで捲《まく》り、「頭出せ」と殊勝《しゅしょう》さのかけらもない口調で命じる。おい、思ってたのと違うぞ。釈然としないまま体勢を変えて浴槽のへりに仰《あお》のくと、すこしぬるいシャワーが頭にかかる。

「最近解散解散言い出したけど、すんの？」

「何でどいつもこいつもそれを俺に訊くんだよ」

「てゆーかマスコミがしてほしいから願掛けみたいに報じてんのか？」

「俺はしてほしくねーよ。選挙特番で拘束《こうそく》されんのやだ」

「でもそこに、ほかの誰かが収まったら悔しーんだろ」

「別に。失敗しろって思うだけ」

「悔しいんじゃねーか」

丁寧に濡らされた髪の毛と潮の指の間でシャンプーがゆっくり泡立てられていく。手のひらで頭を支えられながらなので首もだるくならず、わしゅわしゅやわらかに分け入られていく感覚は気持ちよかった。美容室のシャンプー台なんか面倒なうえ、無駄な緊張を強《し》いられるから、できれば省略したいぐらい億劫《おっくう》なのに。うなじの生え際《はぎわ》や耳の後ろに触れられるとすこしくすぐったかったが、潮のほうでまったく下心のある手つきではなかったのでそれ以上の雰囲気にはならない。

「かゆいところございませんか?」

「ん～……奥歯?」

「生え変わりかな?」

「とっくに終わってるわ」

「そうだ、うちリンスねーわ、酢でもかけるか?」

「いらねー」

「アイスは?」

「食う」

「よっしゃ、じゃあ流すぞ」

額にぴたぴた水滴が跳ねる。シャワーの水音をたぷたぷ乱す潮の手。髪の毛の表面から滑《すべ》り落ちていく、雪より白いあぶく。計は目を閉じてうとうと眠りそうになる。

潮がアイスを取りに出ると、湯気で半透明に濁《にご》る天井をぼんやり見上げた。心地よかったし、短い間だったのに精神的にチャージされた。心を許した他者から物理的な意味で触れられるというのは、絶対に必要な行為なのだと思う。それこそビタミンやカルシウムの次元で人体に不可欠。セックスみたいな激しいものじゃなくても、ただ手をつなぐとか隣で眠るとか髪を洗われるとか、他者への間口が極端に狭い計だから、その得難《えがた》さは格別だった。

すぐに折戸《おりど》が開き、逆さまの潮がアイスを差し出す。そのまま、バスタブからはみ出した頭をタオルで拭《ぬぐ》われながらスプーンでバニラを掘っては食べる。のぼせかけた身体の中に甘くてつめたいものが滴《したた》る感じは最高というほかなく、計は冬に暖かい場所で食べるのこそアイスの旬だと固く信じている。

「いでっ！」

うっとり弛緩《しかん》していたのに、突然頭皮に潮の指が食い込んだ。

「何だよ！　いて、痛いって！」

「マッサージじゃん」

「加減しろ！」

「これが痛いってことは、頭が凝《こ》ってんだよ」

ぐ、ぐ、と力を込めながら潮は言う。

「頭にも筋肉があるから、こうしてほぐしてやるといいんだって、昔バイト先で知り合ったおっちゃんが言ってた」

「うさんくせーな、何のバイトだよ」

「キャバのボーイ」

「は？」

「店長いい人でさ、送迎もしてくれたら教習所代半額持ってやるっつってくれて、おかげで普《ふ》免取《めんと》れたな」

「……それって」

計はためらいつつ尋ねた。

「いつごろの話？」

「若かりし頃」

むっとした。

「何だよ、口尖《とが》ってんぞ」

「半端《はんぱ》に話振っといてはぐらかすとか……」

「免許つってんだから十八以上、お前に会う二十七未満だろ。細かく特定してどうすんの」

そうじゃない、このもどかしさは何だろう。単にキャバにむかついてるだけか？

「いかがわしいバイトしやがって……」

「何だただのやきもちか」

「やいてねーよ！」

だって昔の話だ。たぶん、計と出会うよりずっと前、計は誰かと素でおつき合いするなんて考えもしていなかった頃。

潮は、どんなことを考えて生きていたのだろうか。

「どこの店も大概《たいがい》そうだけど、店内恋愛は厳禁に決まってんだろ。身持ちの固さを保証されてドライバーまで任された俺を評価しろよ」

「もてなかっただけじゃねーか」

「そうそう、国江田くんに釣ってもらってよかったな～」

よく言う。本心じゃない悪態《あくたい》を軽くいなされてしまった。本当に雇い主から、安心されるほど真っ白だったのならば、それは潮のほうが女を寄せつけなかったのだと思う。計とは全然違うやり方で。

「ひと口ちょうだい」

だいぶゆるんできたアイスをとろりとすくってスプーンを持ち上げると潮はぱくんと食いついた。計に見せない腹の中までこんなふうに簡単に釣れたらいいのに。

「それよか俺は、国江田アナがどんなバイトしてたかに興味津々《しんしん》なんだけど」

「ほとんどしてねーよ」

「いやお前大学行ってただろ、大学生って普通バイトするもんだろ」

「忙しかったんだよ」

空《から》になったカップを浴槽《よくそう》の角《すみ》っこに置く。

「勉強に？」

「通学に。だって俺、自宅から東京通ってたし」

「静岡から？　まじで？　よく許すな、親」

「ひとり暮らしする生活費より新幹線定期のほうが安いだろ」

新幹線の時間が、と言えばサークルに入らない言い訳も飲み会に出ない言い訳も立つし。長期休みに通信講座の添削《てんさく》（安いけど家でできる）とか、単発で模試の試験監督ぐらいか。

「金欠の時はどうすんの」

「父ちゃんのシャツのアイロンがけとか洗車とかしてたらこっそり小遣いくれる」

「すげーなお前、知ってたけど」

いったい何がツボなのか分からないが潮は心底感心しているようすだった。

「お前に比べたら、俺なんかほんと凡人だな」

「そりゃそうだけど、何で？」

「国江田計は、何があってもぶれねーなと思って」

計の目には、潮のほうがよっぽど軸が太く安定して見える。

お前は違うのか、とは訊けなかった。逆さまに唇を重ねられたから。上下が違う、バニラ味のキスは何とも奇妙な感じだった。

「……シャンプー代、な」

「バカ、洗わせてやったんだろ」

剝《む》き出《だ》しの額にもくちづけられ、アイスでほどよく冷えたはずの体温が急に上がるのを感じた。

潮の手でドライヤーまで仕上げられてベッドに入り、シーツのつめたさに軽く身ぶるいした。明け方に近い真夜中、冷え込みが厳しい。

「寒い？」

計を腕の中に抱き寄せ、潮は乾かしたての頭がぬくいと喜んだ。

「……電話で、言ってたの」

計はそろりと口にする。

「ん？」

「仕事、キャンセルって……何で？」

「さー」

潮の答えはけろっとしていた。

「事情により、としか言われてねーな。具体的なアイデア詰める前だったし、予算とか人事異動とか、あっちも企業だからいろいろあんだろ。納品《のうひん》した後で没《ぼつ》にされたらそりゃねえよってなるけど、ごねる段階でもないから、機会があったらまたよろしくって感じ?」

「ふーん……」

何だその程度のものか。

「代理人とか事務所とか通してねえから、まあ、ちょいちょい軽く見られてんなって思う時はあるけど気楽なのがいちばんだし」

そこで、せっかくふんわりまとまっていた髪をぐしゃぐしゃっとかき回される。

「やめろっ」

「心配かけてごめんな~」

「してねえよ! んなのんきなことばっか言って、そのうち干されて路頭に迷っても知らねーからな!」

「えっ」

潮はぴたりと手を止め、わざとらしくもまじまじと計の顔を覗き込んだ。

「そん時は婿《むこ》にもらってくれんじゃねえの?」

「もらうか、てかそれただのヒモ!」

「上半身にも下半身にもサービスするし」

「死ねっ」

「あ、間違えた、表にも裏にもか」

「男飼うような余裕はねーよ！」

「またまた、キー局のアナウンサーさまが」

「アホか、国江田記念館の建設費用だよ！」

「自腹で建てんだ……」

計はうつむいて顔を隠し「飼われる気なんかさらさらねーくせに」とつぶやいた。

「ものつくってなきゃ、お前じゃねーだろ」

「……そうかな」

短い沈黙の中に、本気の戸惑いがひそんでいた気がした。思わず顔を上げようとして、また腕の中にきつく囚《とら》われる。

「お前が言ってくれるんだから、きっとそうなんだろうな」

バカが、やっぱりへこんでんじゃねーのか。んな頼りない台詞、どんなつらして言うんだか。でも計は、無理やり確かめようとはしなかった。潮が、見られたくないと思っているから。

計がここで何でもぶちまけるから、外での「国江田計」を保っていられるのと同じく、潮は潮で、人に見せない部分の喜怒哀楽を作品というかたちで表に出している。本人の言動とかけ離れたような暗さ寂しさが漂《ただよ》うものだって、天から降ってきたんじゃなくて潮の中から生まれたイメージに違いない。あれこれ詮索《せんさく》するとそれを殺してしまうかもしれないから、強引に踏み込む気になれなかった。もちろん計自身の単純な臆病さもある。

「雪、もう降らねえかな」

潮が、ぽつりと洩《も》らした。

「晴れるっつってたけど」

「そか。計、雪好きか?」

「嫌いに決まってんだろ」

濡れるし凍えるしイレギュラーな仕事が発生するし。

「うん、俺も嫌い。気が合うな」

何かを嫌いだと、潮がきっぱり言うのは珍しかった。何で、と突っ込んでみようかと思ったのだが、その後の「おやすみ」にやわらかく遮《さえぎ》られ、もう目を閉じるしかなかった。

それから十日ぐらい後、タクシーで帰宅した夜のことだった。マンションの前からオートロックの玄関まで、十メートルもないアプローチを歩いていると背後から小走りの足音が近づいてきて、計はばっと振り返った。降りる時に周囲を確認するくせがついているので、突然の気配に緊張と警戒がマックスになる。自分が巻き込まれた事件の原稿なんか読みたくはない。

「あ、すいません、驚かせちゃって」

強盗や引ったくりには見えない中年の男だったが、その片手にはこれ見よがしにICレコーダーが握られていて、別のアラートが鳴る。

「『スポーツ毎日』の宮本《みやもと》と申しますが、旭《あさひ》テレビの国江田計アナウンサーで間違いないですか？」

スポーツ紙の記者が何の用だ。人違いですとばっくれようかと迷ったが、自宅まで割れている以上無駄だろう。計は「そうですが」と穏やかに答えた。

「すみませんお疲れのところ夜分遅くに。お仕事大変ですね」

おめーもな、と言ってやりたいのをこらえ、困惑げな笑みだけを返した。

「ええと、単刀直入にお伺《うかが》いしたいんですが、次の衆院選に国江田さんが出馬《しゅつば》するって話が浮上してまして」

「え？」

はああ？　と感情のまま口走らなかった俺ってまじえらいな、と思った。

「知名度も人気もありますし、もし本当なら次の選挙のいちばんの目玉ですし、まずはご本人にぶつけてみようかとですね」

「すみません、その話はどこから出てきたんでしょうか?」

「出馬されるんですか?」

ち、この野郎。あるんだかないんだか定かじゃないが、情報源など吐くわけないし、訊くだけ無駄だった。

「しません」

計はゆっくりはっきり答えた。

「そのような打診《だしん》はありませんし、あったとしてもお断りします。ありえない話で、驚いています」

「あー、では現状その気はないということで。まあ選挙あるかどうかも確定じゃないですしねえ」

将来的にあるような含みを持たせるんじゃねえよ。相棒がシーズン100になろうがJ Soul Brothersが二十代目になろうが出ねえわ。

「分かりました、どうもありがとうございます。またお話伺うこともあるかと思いますがその時はよろしくお願いします」

曖昧な会釈で応えつつ、何がよろしくだボケ、レコーダー爆発しやがれと思っていた。マンションに入ってエレベーターに乗り、部屋にたどり着いた後でも気持ち悪かった。外のどこかから、カーテン越しの明かりなどを確かめられていそうで照明のスイッチに伸びた手がためらったが、今さら部屋番号を隠そうとしたっておそらく意味はない。せめてフォーマルモードの時に遭遇したのは不幸中の幸いか。落差でごまかせているが、張り込み慣れした人間に目を凝らされたら私服でも見破られかねない。

強くスイッチを押してソファに座り込むと「何なんだ」とひとりごちた。選挙のたびにあいつが出るらしいこいつが出るらしい、よくある話だ。書き飛ばすだけ飛ばしておいていざ蓋《ふた》を開けてみれば見当違いのオチでも、誰も責任を取らない。はなからその気もないのに勝手に「断念」などと見出しを立てられるのもよくある話。局の誰かなり一緒に仕事した演者《えんじゃ》なりが「国江田は政治家に向いてる」的なことを吹聴《ふいちょう》し、ゴージャスな尾ひれがついた結果、アホな記者がウラ取りに動いたというところだろう。どうかしてるぜ愚民《ぐみん》。計は携帯を取り出し、潮にかけた。

『はいはい、どした?』

「さっき、スポーツ紙の記者がうちに来た」

『とうとう人格偽装がばれたか』

「違うわ! ……選挙出るんですかって」

『は?』

さすがに潮の声も訝《いぶか》しげになった。

「出ねえつったけど、納得したかどうかは分かんね」

国江田計はアナウンサーだ。仮に出馬する魂胆《こんたん》があったとして、ぎりぎりまで隠し通さなければならない。政治的な意向など表明した瞬間からテレビには出られなくなる。向こうは確実にそれを疑っている。否定すればするほど怪しいというパターン、だからといって「はい出ます」とか言えるわけもないし「ノーコメント」は事実上のイエスに受け止められる……あれあれ？　詰《つ》んでないか俺。

『はー……でも何で急にそんな話？』

「知らねえよ。九割九分九厘《ぶりん》出まかせでもネタになりゃいいって思ってんだろ」

『ふーん。……で？』

潮は先を促《うなが》した。

「え、だから……」

『ほとぼり冷めるまでうちに来れないって、そーゆー話？』

「……そう」

あいつがまた来るかもしれないし、第二第三の愚民が後追い取材に動かないとも限らない。ふだん、取材する側にいる身としては強く抗議もしにくい。要は弱みだらけだ。

『じゃ、ま、俺がそっち行ってもいいし』

計の不安を察したのか、潮は軽い口調で提案した。

『そのうち飽きるだろ、あんま思い詰めんなよ』

「……うん」

『何だ寂しーの？　前みたくこのまま電話でする？』

「するか‼」

勢いで電話を切り、それから自分に言い聞かせるように、すぐほとぼりなんか冷めるよ、と繰り返し思った。


朝起きて、ゆうべの一件が夢だったらいいのに、なんて甘い考えが頭をよぎったが、携帯を見るとアホの後輩から「先輩ヤフートップきてますよ」といらん報告が入っていて現実と直面させられる。わずか数時間で自分の言葉が新聞に載りネットニュースで取り上げられるというこの情報化社会。うんざりしながら歯を磨《みが》いていると着信が入ったのであわてて口をゆすぐ。アナ部の部長から、用件は分かりきってる。

「国江田です」

『ああ、ごめんな朝から。スポーツ毎日見たか？』

「記事はまだ見ていませんが、ニュースになったことは把握しています。ゆうべ、うちに記者の方が見えましたから」

『そうか。まあ、名前も出てない「政界関係者談」のうさんくさい書き方だったよ。与党の選《せん》対《たい》がこっそり接触してるとかいう』

「申し訳ありません、時間が時間だったもので連絡は控《ひか》えたんですが」

『いや、いい。……で、一応、一応の確認だと思ってほしいんだけど』

「出馬《しゅつば》なんてしません」

本題を待たずに答えた。

「どこからこんな根も葉もないうわさが流れたのかと僕自身不可解ですし、政界の関係者と個人的に親交を結んだという覚えもないです」

『そうか、分かった。悪いけど、出社したらまた上のほうから聞き取りあると思うけど、今と同じ答えでいいから。すぐ立ち消える話にせよ、念のため、な』

「分かりました」

会社が過敏《かびん》になるのもまあ無理はない。金と時間と労力費《ついや》して育てたアナウンサーに、看板を持ち逃げするかたちで政界転身なんかされてたまるかと思っている。フリーになってタレントギャラ吹っかけられるのとどっちがむかつくんだろうか。忠誠心《ちゅうせいしん》は特にないけど現状に不満もないので安心しろ。

『あ、あと、ついでみたいになって悪いんだけど、二月に、民放連《みんぽうれん》の放送グランプリの授賞式あるだろ。うちが仕切る番なんだけど、司会をお前に頼みたいんだ』

何でそんな内輪の催《もよお》しに引っ張られなきゃいけないんだよ、暇持て余してるアナウンサーなんかほかにいるだろーが。

「僕ですか？　年末の部会ではほかの方に決まってたと思うんですが」

『いや、俺もよく分からんけど、お前にって希望があったらしい』

誰だいらんこと言いやがったのは。しかし記事の件もあるし、ここはいつも以上に従順《じゅうじゅん》でいたほうが得策《とくさく》だ。計は「光栄です、頑張ります」と丁重に答えて電話を切った。

それからうんざりを押し殺して早めに出勤すると、プロデューサーの設楽《したら》やアナ部の部長、報道や編成の上層部が集まる会議室に赴《おもむ》いた。「ザ・ニュース」のピンチヒッターを命じられた時と似たような面子《メンツ》だ。違うのは、麻生が加わっていることぐらいか。計は朝の電話と一言《いちごん》一句《いっく》違わない否定を述《の》べる。

「分かった」

納得したのかは怪しいが、編成局長は重々しく頷き、設楽に向かって「きょうのオンエアは通常どおりで」と命じた。

「出馬のうわさについて触れる必要はない。スポーツ紙のトバシ記事を相手にする姿勢を見せると逆効果だ。広報に来た問い合わせに関しては『事実無根』で通す」

「ネットでずいぶん広がってるみたいですけどねー」

「反応したらまた書かれるだろう」

「スポ毎への抗議は？　もう二度と関わりたくないって思われるほどねちっこくごねましょうか？」

おうやれやれやったれ、と計は内心でエールを送ったが報道局長が渋い顔で「やめとけ」と止めた。

「うさんくさい記事だが、国江田の言い分もちゃんと入ってる。最低限のルールは守ってる。うちのスポーツ部ともつき合いはあるんだし、ことを荒立てるな。お互いに仕事なんだから」

はい出ました、マスコミの馴れ合い文化。

「国江田は？」

それまで黙っていた麻生が口を開いた。

「放送では一切触れない、それでいいのか」

「はい、局としての判断に従います」

「……ならいい」

事情聴取《ちょうしゅ》を終えて解散した後、設楽が「災難だね」と言いに来た。

「災難というか……ただ面食らっているんですが」

「去年の秋、スポ毎の記者が酔って痴漢《ちかん》した事件あっただろ？　ネタ薄だったせいもあって深夜・朝と流してちょっと問題になったんだよね。リピートしたのうちだけだからな」

「痴漢しておいて『そんなに流すな』ですか？」

「違う。パクられた記者の上司にあたるやつがメジャーに顔広くて、取材の便宜《べんぎ》なんかちょいちょい図《はか》ってもらってた。そのパイプにちょっとひびがね……だから上も、迷惑はしてるけど無用に揉《も》めたくないってのが本音なんだろう」

俺、まったく関係ねーし。そんな裏事情を聞かされるとますますむかついてきた。スポ毎の輪転機《りんてんき》がいっせいに故障しますように、とせこい呪いをかけてアナ部に行くと竜起が「あっ国江田先生だ」と寄ってきた。殺すぞまじで。

「いいなー国会議員、ＪＲ乗り放題なんですよねー。あと、文書通信交通滞在費でしたっけ？　歳費《さいひ》と別に月百万もらえてー。赤坂の料亭連れてってくださいね！　でもどうせなら参議院のほうがよくないですか？　解散ないし任期長いし」

「皆川くん」

処刑してやろうかこのガキと思いながら穏やかに言った。

「出ないから」

「やだなー分かってますよー、冗談冗談」

一切笑えねえよ。しかもこいつの「分かってます」にはいろんな要素が含まれているからたちが悪い。それからも社内で会う愚民《ぐみん》会う愚民「あの記事って……」と野次馬《やじうま》心丸出しの顔で訊いてきやがるので大変疲れた。

夕方、「ザ・ニュース」のスタッフが本格的に集まり始める頃になると設楽は召集《しょうしゅう》をかけ

「国江田は出ない、本日のオンエアはいつもどおり」と簡単に説明した。

「言うまでもない話だけど、生放送前の演者をナーバスにさせるような言動は皆慎《つつし》んでね」

そのやんわりとした釘《くぎ》が効いたのか、以降は全員何事もなかったような態度で午後十時を迎え、番組は通常運転で進んでいった。

午後十時四十分、短いストレートニュースをまとめて流すフラッシュニュースのVTR明け。フロアDのプロンプには、「受け・虐待《ぎゃくたい》の統計ネタで三十秒」と書いてある。事前の打ち合わせどおりだったし、計は何の身構えもしていなかった。

「——さて」

テーブルの上で軽く姿勢を正すと麻生はおもむろに切り出した。

「国江田さん、出馬するんですか？」

「え？」

完全なアドリブ、というか奇襲だろこれ。スタジオにいるスタッフも「えっ」という感じで動きを止めている。計は一瞬虚《きょ》をつかれたがすぐに苦笑を浮かべ、「いいえ」と否定する。

「あ、そうなんですか、けさのスポーツ紙を見て驚いたので」

「私もびっくりしました」

麻生の目が「もっと話せ」と言っていた。言葉にしなくても分かる、演者だけの呼吸で。腹をくって赤いタリーランプの灯《とも》ったカメラを見つめると、軽く顎《あご》を引く。

「一部報道で、私が衆院選に立候補するかのような話が出ていますが、そのような意思も、政党側からの打診もいっさいありません。アナウンサーとして視聴者の皆さまに正しい情報をお伝えすることが私の仕事であり、それはこれからも変わりません」

言い切って、唇を引き結ぶ、それで麻生には伝わる。はい、お返しします。

「ま、選挙があるかどうかもまだ分からないんですけどね。CMの後はスポーツです」

うまい。計がまじめに話した後で軽く流したことで「騒ぐには気が早すぎる」と印象づいたし、スタジオの空気も和《やわ》らいだ。それにしても事前に言えや、とは思ったが、麻生自身、ごまかしのきかない状況で計の反応を確かめたかったのかもしれない。本当にその気がないのかどうか。

オンエアが終わると、設楽がサブから入ってきた。

「やってくれちゃって」

口調だけは困ってみせながら、にやにやしている。

「俺は別に何も口止めされてないからな。国江田は俺に振られて答えた、それだけだよ。『何も言うなと言われています』とバカ正直に言うほうが問題だろう」

「まあねえ」

まーた怒られちゃう、と頭を抱える設楽は嬉しそうだった。

「国江田、迷惑だったか？」

「……いえ。でも、どうしてあんな突然……」

「事前に打ち合わせると台本感が出て嘘くさいんだ、ああいうのは。お前ならへんにうろたえはしないだろうと思ってたしな」

「でも、麻生さんが上からにらまれないですか」

「にらめばいいよ、俺の番組で演者に話を聞いて何が悪い。俺が国江田なら、自分の言葉で視聴者に届けたい。お前もそうだろうと勝手にやっただけだ。もし何か訊かれたら俺の独断だと言え」

俺の番組、というごう慢な言葉はこの男が言うとすがすがしくすらあった。原稿を書くのは麻生じゃない。VTRを作るのも麻生じゃない。でも、「ザ・ニュース」は間違いなく麻生圭《けい》一《いち》で成り立つ、麻生圭一の番組だった。

「ありがとうございます」

頭を下げると「いや、煩《わずら》わしい気持ちは分かるよ」と苦笑された。

「麻生さんも何度かその手の書かれてましたね」

「いっとき、都知事選に出るような話がまことしやかに流れて迷惑したよ。フリー転身は思い出したように言われるな。年収二億は固い、とか、実際俺のところにそんな景気のいいオファーはきてないのにな」

「そういううわさって、いつどうやって収束《しゅうそく》するんでしょうか」

「そのうち、としか言いようがない」

でしょうね。

「選挙なら、告示日《こくじび》すぎて立候補受付期間が終われば立候補したくてもできない。自動的に終了だ。ただ衆院選はいつあるかないか分からないからな。マスコミが解散風起こすのに飽きたらしぜんに立ち消えるんじゃないか」

ああもうだったらいっそ選挙してくれ、今すぐ解散して公示して立候補〆切を迎えてくれ。でないと潔白《けっぱく》が証明できない。

「テレビで露出《ろしゅつ》してればこういう時もあるよ。身に覚えがないんなら普通に生活してろ、っていうのがせめてものアドバイスかな」

いやその「普通」が、僕の場合問題でして。


年明けの通常国会が始まってから、永田町に流れ始めた「解散」のウワサ。伝家《でんか》の宝刀《ほうとう》を抜くかどうかは首相の胸先三寸《むなさきさんずん》だが、野党内では早くも候補者選びや選挙協力の動きが出ている。一方の与党はといえば、持民党《じみんとう》が「目玉候補」の神輿《みこし》を担《かつ》ごうと躍起《やっき》になっているというのだ。その目玉とは、「午後十時の王子様」こと旭《あさひ》テレビアナウンサーの国江田計(29)。まだ若いが、旭テレビの看板報道番組「ザ・ニュース」のサブキャスターとして活躍中だ。名前を聞いてピンとこないお父さん方も顔を見れば「ああ」と見覚えがあるはず。

全国区の知名度に加え、顔良し、声良し、おまけに謙虚《けんきょ》で優しい性格は局の内外でも評判が高いという、二物《にぶつ》も三物も与えられたようなイケメンだ。「まず、怒るってことがないですね。誰にでも礼儀正しいいし、スタッフやADにぞんざいな態度を取ったりもしない。それでいてがちがちの優等生じゃなくて、バラエティ的なノリにもしっかり対応できます。一緒に仕事した人間は皆ベタ褒《ぼ》めですよ」とテレビ関係者。人心掌握《しょうあく》の術もしっかり身につけているようだ。

「タレントやイロモノ、元スポーツ選手による『話題性ありき』の議員転身には国民もウンザリしてますからね」と話すのは持民党の元事務局勤務のAさん。かつては公認を与えるため「候補者候補」の面接などを行っていた彼によると、「国江田アナなら幹事長クラスが詣《もう》でてでも欲しいと思っているはず」なのだという。「知名度だけで議員バッジをつけて、失言やスキャンダルで批判を浴びるシロウト議員がこの頃は多すぎる。票目当ての擁立《ようりつ》をこれ以上繰り返せば有権者《ゆうけんしゃ》離れも考えられる。その点、国江田アナなら『何でこんなやつを担ぎ出すのか』という異論はまず出ないでしょう。『ザ・ニュース』を見ていても、色んなことをしっかり勉強していますし、何より清新なイメージがある。若年層《じゃくねんそう》の支持を得られるでしょうね。どこの選挙区でも勝負できますよ」。

と、太鼓判《たいこばん》を押された国江田アナだが、肝心《かんじん》のご本人はつい先日、「ザ・ニュース」の放送中に政界進出をキッパリ否定したばかり……。

「選挙に出るなんて正直に話すバカはいませんよ。局側の猛烈《もうれつ》な引き止め工作に遭《あ》いますからね」（前述のテレビ関係者）。「手塩にかけて育てたアナウンサーに辞められては困るので、出馬はしませんと一筆《いっぴつ》書かせるのなんてザラです。とはいえ職業選択の自由がありますす、要はプレッシャーです。無用な圧力にさらされないためにもぎりぎりまで黙っておくに越したことはない。この手の二枚舌は卑怯《ひきょう》なんじゃなくて当然の処世術ですよ。2万%ないって言い切った後で知事選に出馬した人もいましたからね（笑）」

――まだまだ「午後十時の王子様」から目が離せない。もっとも、テレビで毎日見られないと「国ロス」に嘆《なげ》く女性も多そう……どーするの、国江田クン!?


「ふざけんなっ!!」

計は思いきり週刊誌を床に叩きつけた。案《あん》の定《じょう》というのか、追っかけの記事がぽこぽこ出ていた。局から帰る時は地下駐車場に待機したタクシーを使い、マンションに入る時にも裏口や駐輪場からとばらばらのルートを駆使《くし》しているのが功《こう》を奏《そう》してか、あれ以降直撃取材には遭っていないが。

「バカにしやがって！」

「いや絶賛してくれてんじゃん」

「おっさん御用達《ごようたし》のエロ&ゴシップ&エロ週刊誌にふざけ半分で褒《ほ》められて誰が嬉しいんだよ！」

「袋綴《と》じ開けていい？『元国民的アイドル衝撃のフルヌード』」

「今すぐ燃やす」

拾い上げて台所で直火《じかび》にかけてやろうとしたらさすがに止められた。

「冗談だって」

「『国江田クン』がむかつく、片仮名がまじくそむかつく」

「それ言ったらからあげクンとかさかなクンはどうなるんだよ」

「そいつらは全体が芸名つーか固有名詞だろ。……からあげクン食いたくなった。お前のせいだ」

「買ってこいって？　はいはい」

「チーズな、あとビールも」

「もうすでに結構飲んでるだろ」

「あした休みだからいーの！」

「何か、司会の仕事あるとか言ってなかったっけ」

「夜からだからいーの！　何でもいーからからあげクン連れて来い‼　からあげクンに会いたいの‼」

「分かった分かった」

潮がコートを羽織《はお》ってお使いに出かけると、ついカーテンの隙間から外を覗いてみたりしてしまう。誰もいないな、たぶん。本当なら自分で行きたい。新商品のラーメンとかプリンとか、いろいろチェックしたい。でもいつ誰が声をかけてくるかしれないと思うと尻込みしてしまう。ため息をつき、いまいましい週刊誌から袋綴じ部分をちぎり取り、シュレッダーにかけていると実家から電話があった。

「なに」

『うちに週刊誌の記者って名乗る人が来たんだけど、あんたちゃんとモーニング持ってるの？ほら、階段で集合写真撮る時に皆着てるでしょ』

まさかの入閣《にゅうかく》。

「アホか、誰が立候補するっつった‼」

『お母さんちょっと見てみたいけど。出たらどうなるのかしらって』

「エダノミクスで日経平均が二万五千円台に乗る」

『まさかの首相？　じゃあやんなさいよ』

「やだね。それより週刊誌の記者とやらに妙なことしゃべってないだろうな⁉」

『誰が我が子の恥を積極的にばらすのよ』

「恥っつったな」

『事実でしょ。あ、お父さんがしゃべりたいみたい、代わるからね』

母と交代した父は、電話口で「計、どうしよう」といきなり途方に暮れた。

『お父さんおととい、信号無視しちゃって……誰もいなかったし、五メートルぐらいの短い横断歩道なんだけど……もし誰かに写真でも撮られてたらこういうスキャンダルってマイナスになるだろう？　計の足を引っ張ったら……』

どこがスキャンダルだ。

「あ、うん、大丈夫だから気にすんな、つーか立候補なんかしねーから安心して」

『あ、そうなのか？　じゃあお母さんに返すな』

「いや、いいよもう、きょう疲れてるしまた今度にして」

相変わらずへんな夫婦、と完全に自分を棚に上げ、トイレに立った時、廊下に落ちている白い封筒に気づいた。拾い上げると、宛名は「都築《つづき》潮様」。おそらく、潮が家を出たついでに郵便ポストを覗き、コートのポケットに突っ込んでここに来た。そしてさっきコンビニに行った時、何かの拍子《ひょうし》で落としたのだろう。きれいな女文字の筆致《ひっち》、仕事関係の封書《ふうしょ》にはとても見えない。計は我慢できずに裏返し、差出人を見てしまった。

都築小夜子《つづきさよこ》。

何だ、身内か、とほっとする。どういう関係かは分からないが、筆跡《ひっせき》だけ見るとそれなりに年がいってそうだ。以前、ばあちゃんがどうのとか聞いた覚えがあるから、祖母なのかもしれない。住所は都内だった。

計はすこし悩んだが、それをキッチンのカウンターの上に置いた。向こうが勝手に落としたのだし、知らんふりまでするのは気の回しすぎだろう。

しばらくして帰ってきた潮は、すぐ封筒に気づき「やべ、落としてた?」と言った。

「廊下に落ちてた」

「そっか、あんがと」

封筒をぴらぴらさせて「ばーちゃんから」と予想どおりの答えを言うとまたコートのポケットに押し込んだ。

「くしゃってなんぞ」

「大したこと書いてるわけじゃねーから。単なる近況報告だよ。よし、飲み直すか」

ソファでだらだら飲むうち、ローテーブルにはビールの空き缶が増殖していく。縦《たて》に積んでみると四つ目でからから崩れた。

「あーあー、何やってんだもー」

「ん~じゃま、あっち持ってけ~」

「人使い荒いな」

ぼやきながらも潮は空き缶を回収し、流しで洗って戻ってきた。

「あした、何の司会だって?」

「民放連の、放送グランプリの授賞式。報道とかドキュメンタリーとかラジオ制作とかアナウンサーとかいろいろ部門あって、それの進行」

「てことは、国江田アナは受賞しねーのか」

「とっくにもらったわ、最優秀新人賞」

「さっすがー」

「もっと褒めろ……てかめんどくせー……何で俺がやんなきゃなんだか」

うだうだ言いながら潮の肩に頭を載せる。お、硬いけど結構きもちーな。そのままうりうり首すじに頭をこすりつけると「くすぐってーよ」と下方に押しやられ、脚を枕に丸くなる。

「なにすんじゃーい」

「だいぶご機嫌だな」

「ご機嫌斜《なな》めだよ、むしろご機嫌が横転《おうてん》してるわ、めんどいっつってんだろ～」

「授賞式ってテレビで見れんの？」

「三十秒のショートニュースで、カットされずに流れりゃラッキーだろ。関係者以外だーれも興味ねえ内輪の賞だし」

「でも、身内仕事でも完ぺきにやり抜くんだろ？」

「ああ？」

何を今さら。計は仰向《あおむ》けになって潮をにらんだ。

「お前は、安いギャラの仕事は手ぇ抜くのか」

「……いや」

潮はそんな計を見下ろして笑う。

「時間とか経費でいろいろネックはあるかもしんねえけど、真剣にやる」

「だろ」

「じゃ、もうアルコールはストップな。国江田アナの仕事に差《さ》し支《つか》える」

「酔ってねえって」

「明らか酔ってるっつの。滑舌微妙《かつぜつ》に怪しいし」

「何だとこの俺に喧嘩売ってんのか？　右耳にミニカルビ右耳にミニカルビ右耳に、ひゃっ！」

急に声が裏返ったのは、耳の入り口を指先でくすぐられたからだ。

「こら……」

「え、右耳触ってって言わなかった？」

「言ーわーなーい～」

あれ、おかしいな、鋭《するど》く発声しているつもりなのに、間延びしてゆるゆるだし、ちょっと舌がもつれる。

「あ、悪い悪い、右耳嚙《か》んで、だったっけ」

「ちがーう……っ」

両手でがっちり顔を固定され、耳たぶに息をかけられる。

「ん、ちょっ……や、まだ飲むって」

「だめ」

スウェットの襟《えり》ぐりから忍んだ指が鎖骨《さこつ》の出っ張りをつまびくように撫《な》でる。布地をぐいっと下げて「このへん赤いぞ」と胸元をさすられるとアルコールのせいで速い鼓動《こどう》がさらにペースを上げる。

「やめろ、ばか、セクハラー」

「楽しい酒なら止めねえけど、違うだろ?」

「なんで」

あしたも仕事ながら一応週末だし、こうして潮が来て欲しいものは手に入れられるし。どうしてそんなことを言うのか。

「たのしーもん。余計なことさえ考えなきゃ」

潮に向かって手を伸ばすと、手のひらに唇を押しつけられる。

「だから、余計なこと考えたくなくて飲む酒は駄目なの」

「え～」

「頭真っ白にしたきゃ、もっといい方法があんだろ」

「なんだよ」

「言わせてーの？　スケベ」

「お前だ」

「ばれたか」

「犯人はお前だ」

「捕まえて捕まえて」

「死刑な」

「そこは終身刑って言うとこじゃね」

「座敷牢な」

「うん」

今度は手の甲にくちづけて、潮はささやいた。

「捕まえてて」

「アホ」

手首をひねり、潮の鼻をきゅっとつねって身体を起こした。

「お前こそ酔ってんの？」

「かもな」

なぜか床に降り、計の膝の間から甘ったるい眼差しをよこす。

「朝んなったら忘れてるから、いろいろしていい？」

両耳を引っ張って「却下」と答える。耳たぶはすこし熱くて、案外本当に酔っているのかもしれないと思った。

「囚人にも娯楽はあるだろ?」

「NHKの視聴を許可する」

「教育でいいや、『おにいさんといっしょ』」

ねーよ、と呆れるおにいさんの唇はふわっと塞《ふさ》がれる。伸び上がってきた頭を両手で抱え、頭蓋《ずがい》のかたちを確かめるようにぜんぶの指で髪の間をざりざり探った。すると潮の舌もお返しに計の口腔《こうこう》を探りまくる。ふたつの唇の間で逃げ場のない息や湿り気や熱が次第にその交接をねっとりと絡《から》むものにしていく。

肌の内側がびっしりと結露《けつろ》していくようにざわめき立ち、伏せたまつげまでぴりぴりふるえた。

「ん――」

頭の後ろ、うなじ、もっと下。潮のTシャツの襟ぐりから片手を差し入れ、素肌をさすった。すべらかで、男の硬い身体というよりはやわらかい鉱物のような。やわらかくて温かく、うねりうごめき汗をまとい、計をうっとりさせる石。触れているだけで安らいだり逆に心臓を騒がせたり、眠たくさせたり眠れなくさせたりする、ふしぎな。ふしぎで、恋しい。

浅くなだらかにへこんだ左右の肩甲骨《けんこうこつ》の間を撫でていると、興奮でひと回り肥《ふと》ってしまったみたいにぽってりもつれる舌を強く吸われ、皮膚に爪を立てた。

「んっ……ん！」

潮は脚の間にぐっと上体を食い込ませ、計のスウェットの裾《すそ》をたくし上げると両手で脇腹やら鎖骨やら、見えない欲情を塗りたくって裸体の熱を誘う。

「あっ……」

乳首を探り当てられ、思わず口を離すと、舌の先をかふかふ噛まれる。

「え、待て」

「ん？」

「あ、ばか！」

きゅ、と指先の圧に疼《うず》く粒がすぐに固くなり、代わりに身体の力が抜ける。

「ベッド……」

「終わったらな」

「それじゃ意味ねーだろ～！」

あ、駄目だ、毅然《きぜん》と拒んでいるつもりなのに声音も口調もだらしない。行動で示そうにもアルコールが筋肉を腑《ふ》抜《ぬ》けにしている始末。

「や――」

なのに神経の伝達は旺盛《おうせい》で、乳首を交互に、同時にいじられて胸から下腹部まで続くまっすぐなラインを撫で下ろされると背すじをぞわぞわ電気が走る。

「や、だっ……」

「うんうん」

いったい何を肯定してくれているのか、適当な返事で計をあやしながらズボンも下着も一緒くたにずらし、腰を前に出させて性器を含んだ。

「あ……ぁっ」

頭だけが背もたれに残った中途半端な体勢だから、いやでも口淫《こういん》のさまが目に入る。計はぎゅっと目を閉じて喉を反《そ》らす。真上を向いた眼球にまぶた越しの照明が刺さる。こんな明るいところで、絶対いやなのに。

「んんっ……や、あ」

唇に扱《しご》かれて硬くなる、舌を這わされて脈を打つ、いたずらに吸引されて先端を濡らす。両腕で目のあたりを覆ってみても、まなうらにはしらじらとした光が保存されている。そこに時々ちかちか走るのは性感の瞬《また》きだった。

「……夜のおにーさんはえろいな」

「誰のせいだ、ボケ……っ」

「俺のため？　ありがとう」

「日本語がおかしい！」

「じゃー今度はおにいさんと日本語講座ってことで……てかこれ、邪魔」

潮はすこし後ずさると、計の下肢《かし》を膝まで一気にあらわにさせた。

「わ、こらっ……」

じたばた抵抗したので足が宙に浮き、そこからするっと布を引き抜かれてしまう。

「やだって！」

隠すもののない剝《む》き出しの脚を強引に両肩に乗せ、またその間に顔を埋《うず》める。

「うそ、や……っ、ん」

生温かい口内に再びくわえられると、さっきよりもっと感じた。かかとに擦《こす》れるのは潮の服の感触で、自分ばかりがあられもない格好をさせられていることに改めて羞恥《しゅうち》が募《つの》る。

「やだ、潮っ……」

「やでも気持ちいーから、困るよな、身体って」

「冷静に言うな！」

「そんな恥ずかしい？」

「代われ、今すぐ」

「いやー、おにいさんみたいにかわいく喘《あえ》げないんで」

「ほんと殺す……」

「そもそも、そやって恥ずかしがるからこっちもしたくなるんだけど」

「ん、あっ……」

朱《あか》く上気した先端をくすぐられる。

「平然とされてたらしないかも。演技得意だろ？」

この状況でできるか、と言うのも癪《しゃく》で、計はとっさに「もうしてるし！」と口走った。

「ん？」

「だから——かっ……かわいく喘いだみたり……恥ずかしがってる演技？　ちょっとはサービスしてやろうと思って」

「あ、そーなんだ」

だからうぬぼれんなよ、という主旨だったのだが、潮は膝の裏側に軽いキスをして「やったね」と明快に言った。

「じゃ、一切遠慮しなくていいってことで」

「え？　いや、違くて——あ！」

熱を孕《はら》んで硬直した根元を繰り返し舐《な》められ、左右の狭間《はざま》を伝い落ちた唾液《だえき》を、指先でちいさな孔《あな》へと押し込まれた。

「ああ……っ！」

そのまま浅いところを探りながら、しなる性器の裏側を短く吸い上げるものだから、実際の許容に先んじて後ろがひくひく応《こた》え始めてしまう。

「あ、や——いや、っ、」

「……ていうのも、演技なんだっけ?」

「ばか……っ」

知ってるくせに。潮の前で嘘なんかつけっこないって。

「あ、あぁ——んっ……」

体液のぬめりをどんどん体内に持ち込む指が深く嵌《はま》り、湾曲した身体のラインに沿って折り曲げられる。

「あ!　や、ぁ」

「サービスいいな」

「やっ……あ、あ、っん!」

潮はくにくにと内壁を押しながら張り詰めた性器を扱《しご》き立てた。放出の口はむずむずひらき、指をくわえた粘膜はきゅうきゅう締まり、身体が違う快感に煽《あお》られて理性がついてこられなくなる。

「あ——潮、潮……っ」

「うん?」

「い、いじわるすんな……」

「……うん」

顔を背《そむ》けたまま訴えたので潮の顔は分からないが、たぶん笑ったんだろう、声にその気配があった。もうちょっと言うと、白旗を上げる時の笑顔。たまには自爆以外の手段で勝ちたい。

「ごめんな。もう言わないから」

潮が、計の両脚をぐっと抱えてソファに乗り上げてきた。

「……仲直りしよう、計」

「あ……っ！」

背もたれにぐっと上半身を押しつけられ、潤《うる》んだ後ろの口には潮の発情が押し当てられる。

「んん、あ、ああっ！」

腰から折り曲げられる姿勢の苦しさは気にならなかった。身体の内側を硬いもので侵食《しんしょく》され、頭の中が感光してしまったように交わった部分の熱しか感じられない。

「あっ、あ、や、だめ、いきそう、いく、いくから……っ」

「いいよ」

「あぁ……っ！」

ぐ、と突き上げられて過敏な点を刺激され、先走りに濡れそぼっていた昂《たか》ぶりがこらえきれなくなる。

「ん……」

射精の動悸《どうき》に耐える全身は、それでもつながった性器に興奮し続けている。耳の中に舌を差し込まれると角砂糖みたいにぐずぐず融解《ゆうかい》してしまいそうだ。

「……動いていい？」

潮が額をくっつけ、殊勝《しゅしょう》にお伺いを立ててくる。

「だめ」

「そか、じゃあ頑張って我慢する」

何てことのなさそうな口調ではあったが、軽くしかめられた眉や、発作のようにきゅっと細くなる目で、結構な忍耐を強《し》いているのが分かる。

「……ちょっとだけなら」

「まじで？」

「ちょっとだけだぞ！」

「うんうん」

——と、念を押したのに、ちゃんと様子見をしてくれたのはせいぜい二、三回で、潮はすぐに激しく計を揺すり上げ始めた。

「あっ！　や、っ、ちょっと、って」

「うん、ちょっとだろ？」

「うそつけ、あ、あぁ……っ」

潮にしがみついて、律動を受け止めるのに必死だった。

「……死ぬまでこうしてたい」

いろんな角度で、リズムで、計を貪《むさぼ》りながら潮はつぶやく。

「あほ、つーか、こんなことばっかしてたら死ぬ……っ」

「採用」

「ああっ……！」

こうして抱き合っていると、計はほかのどの瞬間より、自分の生きている血肉を実感するのだけれど、確かにそれは表裏一体の死に近い行為でもあるのかもしれなかった。

表と裏。たとえば国江田さんと計。

じゃあ、潮の裏にも何かがある？

ふっとそんな疑問が頭をよぎった途端、何をどう見透かしているのか、潮がささやいた。

「……余計なこと考えんなっつっただろ？」

「あ、や……っ、あぁ……」

弱いところばかり責め立てられ、思考は攪拌《かくはん》され、散り散りにされる。

「潮――」

ふたりで弾《はじ》ける最後の一瞬、潮の、「今だけでも」という声を聞いた気がした。でも、気がしたに過ぎないのかもしれない。

「――続きまして、長編ドキュメンタリー部門の優秀作品の表彰です。旭テレビ報道局制作『里親制度の今』東慎司《あずましんじ》ディレクター、東和《とうわ》テレビ報道グループ『動物園が消える日』金子由《かねこゆ》実《み》ディレクター、ジパングテレビ『海峡の距離』浦沢太一《うらさわたいち》ディレクター、以上三作品です」

壇上に待機していたディレクターが立ち上がり、中央にいる民放連の会長から賞状と盾を受け取る。さっきから何度も繰り返されたセレモニーで、あくまで「授賞式」、つまり誰が何に選ばれたかは事前に分かっていて、該当者だけが呼ばれているわけだから緊張も歓喜もない。当たり障《さわ》りなく（あったら困るけど）式は進行し、まあそれはいいんだけど、この拍手のまばらさときたら。いっそないほうがましだ。会場に集まっているのは各民放や関連会社、スポンサーの取締役クラス、下々の評価なんかに興味はないのだろう。名刺交換と近況報告と挨拶《あいさつ》回りに来ましたという空気を隠そうともせず、計を含む壇上の人間は、それこそテレビの中の退屈なプログラムと化したみたいだった。何かやってるな、流れてるな、その程度の。

あーあ。だからいやだったんだよ。ほとんどの連中ステージに背中向けてるし。たまに弊社《へいしゃ》の社長が笑って計に手を振るぐらい。

……ていうか俺は、腹が減ってる。

淀《よど》みなく「報道視点部門」の受賞者を読み上げながら、計は視界の端でずっと捉《とら》えている。ビュッフェのラインナップを。いいな、食いてぇ。透明人間になって片っ端から食い散らかしたい。もちろん真剣に司会進行に努《つと》めているのだが、この張り合いのなさじゃどうしても集中が削《そ》がれる。業界人ばかりだから「あっ、国江田計《くにえだ》だ」と熱視線（あればあったで煩《わずら》わしいが）を送られることもないし。

…………ていうか‼

食えよお前ら、さっきからくっちゃべってばっかいねーで。そっちのけでがつがつ群がられても腹が立つが、魅惑のごちそうを一顧《いっこ》だにしない態度もそれはそれでむかつく。だってローストビーフと握り寿司の並びだぞ、普通のパーティなら三秒で駆逐《くちく》されるエリア。なのにほとんど手つかずで乾いていくネタ、色褪《いろあ》せていく牛肉、こんな冒瀆《ぼうとく》が地上にあるか？　この罰当《ばちあ》たりな光景を十五分撮影したら格差社会的なドキュメンタリーとして成立するんじゃないだろうか。

顔にモザイクかけた状態であの寿司カウンターに突撃できたら、と思わず妄想してしまう。いくら中とろ炙《あぶ》りサーモン、いくら中とろ炙りサーモン、六セットはいけるな。

続いては炙りラジオＣＭ――いやいや違う。頭の中から寿司のレーンを追いやって計はさっきまでより声を張った。

「続きましては、ラジオＣＭ部門の優秀作品を――」

「ごめん、国江田、ちょっと」

いきなり舞台袖《そで》から事業部の担当者がやってきてメモを押しつけた。そこに書かれた指示に目を走らせて軽く頷き、会場に向き直る。

「——失礼いたしました」

進行がつまずいたことにはほとんど誰も気づいていない。ある意味透明人間だったか。ち、犬猫だってもうちょっとお行儀《ぎょうぎ》いいだろ。

「表彰の途中ではありますが、本日、衆議院の持民党《じみんとう》所属、若宮誉《わかみやほまれ》議員にお越しいただいております。若宮議員、どうぞ」

その名前を、計は本当に名前ぐらいしか知らなかった。東京選出《せんしゅつ》でしょっちゅう見る、程度だ。よくも悪くもニュースの渦中《かちゅう》に現れたことはないように思う。上手《かみて》の袖から悠然と出てきた本人を目にしても、ああそうそうこういう顔、と特別な興味もわかなかった。中年の政治家、から想起される脂《あぶら》っこさや「どーもどーも」というなれなれしさが皆無で、渋さと知性のほどよいブレンド具合はむしろニュースキャスターにでも据《す》えれば似合いそうだ。選挙当日に投票所のポスターだけ見比べてこの男を選ぶ層はきっとすくなくない。あと二十年ぐらい風格を積み増しすれば、池の端で手を叩いて錦鯉《にしきごい》を呼ぶ光景もさまになるだろう。

計が打ち合わせで聞いていたプログラムにはなかったし、何となく裏方のばたばたが伝わってくるからには、サプライズ登壇らしい。何だろ、小腹空《す》いて寿司でもつまみに来たか。だったらむしろ俺内好感度が上がるんだけど。

若宮の全身がステージに現れると、計は手を叩いて場内のアクションを促《うなが》そうとした。でもその必要などなく、わっと宴会場いっぱいに拍手の音が鳴り響く。万雷《ばんらい》、とはこのことだ。

何だこれ。

さっきまでてんでばらばらにそれぞれの交流に夢中だったじじい&おっさんたちが、今は眼球を糸で引っ張られたかのごとく一様にステージを見ている。若宮誉を見つめている。計は両手の間に半端な空間を抱いたまま、不覚にも呆然と若宮誉という名の「権力」を見ていた。

自分が「ザ・ニュース」の初回MCをやった時にはさらにお偉い先生が勢揃いしていたわけだが、正直いっぱいいっぱいであまり気にしていなかった。スタッフは外から呼んだゲストには誰であれ礼儀正しくして当たり前だし、設楽なんかお出迎えも止めたぐらいだし。

国会議員て、こんなんか？　衆院だけで日本中に五百人近くいるだろ、誰がどう見たってアホとか誰がどう見たって悪人、そんな粗悪《そあく》なのも混じっちゃってるだろ。

なのに、国会議員て、そこまでなのか？　テレビ局の社長や重役がこぞって、こんな恥ずかしいぐらいへつらうほど？

きったねえな、大人って。計は整備された笑顔の裏で吐き捨てる。もちろん、自分の性根だって胸を張れたもんじゃない。でも現場の作り手の仕事をかたちだけでもねぎらわねえくせして、何しに来たんだか分からん国会議員に尻尾《しっぽ》振んのかよ。処世は大事だけど、程度があんだろ。

誰もマイクを持ってくる気配がないので、計は自分のマイクスタンドからマイクを引っこ抜いて若宮に歩み寄ると「どうぞ」と手渡した。

「スイッチは入ってますので」

「ありがとう」

外見と見事に調和する、深い、いい声だった。そこらのアナウンサーより勝っているかもしれない。単純な質もだけど、大勢の人間の前で繰り返ししゃべることでしか磨《みが》かれない、ある種の引力を備えている。人の耳に「届く声」だ。

拍手の波がやや引いた、絶妙のタイミングで話し出す。居並ぶ参加者たちをゆっくりと眺め回し、おそらく全員に「目が合った」と思わせながら。計がふだん、カメラに向かってやっていることをリアルでするわけだ。

「先ほどご紹介に与《あずか》りました若宮と申します。突然すみません、楽しそうなご歓談の声につられてつい覗いてしまいまして、こうしてのことご挨拶の機会までちょうだいして恐縮《きょうしゅく》です」

ここまでこれ見よがしに歓待アピールされるからには相当尊大な性格なのかもと勘ぐったが、拍子抜けするほどソフトな話しぶりだった。そのおかげで、場内の笑いもさほど取ってつけたものにはならない。

「公私を通じてテレビ関係者の皆さまと接する機会がありますが、常に公器《こうき》としての責任を十二分に自覚し、公正かつ、広く国民に愛されるメディアとしての役割を果たそうと日夜尽力《じんりょく》しておられる姿勢には頭が下がるばかりです。そうした努力が、民法連の放送グランプリというかたちで報《むく》われることは制作者のモチベーションにとっても大切なことでしょう。どうぞ、きょうのこの受賞を糧《かて》に、これからもよりよい放送の普及に努めてください」

また、満場の拍手。若宮は口角《こうかく》をぐっと引き上げて笑みをつくったが、すぐに重々しい声で「しかし、ひとつお詫《わ》びしなければならない問題が」と切り出した。そして軽い緊張が隅々にまで行き渡ったタイミングで続ける。

「……実は私、いちばん熱心に見ているのは大河ドラマと『NHKスペシャル』でして」

一転、今度は爆笑が起こった。緩急のつけ方も含めてプロだ。口さえ立てば政治家として大《たい》成《せい》できるのかどうかは知らないが、座持《ざも》ちのよさはどんな職業にも活《い》かせる。

「それではお邪魔致しました。どうぞ、引き続き式を進めてください」

計は、差し出されたマイクを取りに近づく。

「ありがとうございました」

「こちらこそ」

視線がまともに合った瞬間、どうしてか、ぞくっと底冷えに似た感覚が走った。和《なご》やかな空気は変わらないのに、胃の中につめたい鉛《なまり》を流し込まれたようだった。はっと取り落としそうになったマイクを強く握り、自分の立ち位置に戻って笑顔をこしらえる。

「若宮議員、ありがとうございました。皆さまもう一度盛大な拍手を」

何だ今のは、と若宮が拍手に見送られて下手《しもて》に捌《は》けていってからも考えた。敵意も悪意も感じない、でも気のせいでもなかった。

すこし思案し、自分の中で出た結論は「選挙」だった。こいつか、出馬《しゅつば》って騒がれてるのは、政治はそんな甘くねーぞ……と目線だけできつめのマウンティングをちょうだいした。党内部の人間ならでたらめだと分かっていてもよさそうなものだが、初対面でほかに心当たりがない。あーまじやってらんねえすわ、出ねえってば。二日酔いにはなっていないはずなのに、こめかみがきりっと痛んだ。

二時間ほどで式が終わり、控え室に戻ると潮から「どうだった？」とＬＩＮＥが来ていた。延々と本日の愚痴《ぐち》を書き連ねてもよかったのだが、それも疲れるし、気分転換をしたかったので「普通。国会議員が飛び入りスピーチしにきたぐらい」短く返す。

『国江田アナのスカウトに？』

『そーゆー感じではなかった』

『ほかには？』

『炙りってつくとどんな食材もうまそうになる』

『え、お仕事してたんですよね？』

『凡人には理解できなかったかな？』

『そうですね、炙り国江田アナ』

『単なる拷問《ごうもん》じゃねーか』

『うん、まずそう』

『何だと』

くっだらねえな、どっちも。でもほっとする。まだまだ自分は大丈夫だと思う。多少きゅうくつな日々だけど、ひとりで抱え込みすぎて閉じてしまったり、潮に八つ当たりしたり、というイエローゾーンには至っていない。大丈夫、大丈夫に決まってる。長く連なるふきだしを眺める。


週明け、出社すると珍しく麻生がデスクまでやってきた。

「どうだった、土曜は」

「はい、特に滞《とどこお》りなく」

「社長が喜んでたよ、国江田はやっぱり舞台映《ば》えするって」

「そんなことは……ひょっとしてそれだけの理由で僕が呼ばれたんでしょうか」

「そのへんの事情は俺も知らないな」

「どなたも僕の話を聞いていなかったので、映えようが映えまいがあまり変わらないような気がしますが」

「ああ」

麻生は察したらしく「まあ、じいさまたちのサロン活動みたいなもんだからな」と肩をすくめる。

「誰が司会したって同じには違いない」

「——そうでしょうか」

その疑問は、計自身意図せずこぼれたものだった。

「うん?」

「いえ……」

すこし迷ったが、浮かんだ問いをぶつけてみることにする。

「麻生さんが司会をされていたら、あるいは違ったのかも、と」

反応は読めなかった。まさか、と流されるような気も、当たり前だとしれっと言われるような気もして、短い沈黙の間、面接の合否を待つような気分だった。うかつな質問をしたものだ。

「国江田さん」の顔で御《ぎょ》しきれない相手は厄介《やっかい》だからあまり深入りしたくないのに。

「国江田、時間あるか?」

しかし麻生の口から出たのは答えじゃなくて誘いだった。

「コーヒーでも飲もうか」

「あ、はい」

え、そんなまずい発言したっけ？　ひやひやしつつ何食わぬ顔で喫茶室までついていった。

「俺は別に、催眠術師じゃない」

腕と足を両方組んで、麻生はそう言った。

「こちらに興味のない人間の耳目《じもく》を磁石みたいに吸い寄せるのは不可能だ。ただ、『聞く気のない相手』に対する話し方っていうのは、自分の中で確かにある」

「どういう方法なのかお伺いしてもいいですか？」

「具体的なテクニックとして説明できるようなものじゃないよ。大工がカンナをあと一回かけるか二回かけるかっていう判断と同じだ。差はあってないような程度で。ところで国江田は、自分で声をいくつ持ってると思う？」

「いくつ、ですか」

「殺人事件とパンダの赤ちゃん誕生を同じ口調で読むバカなアナウンサーはいない」

「ある程度の硬軟《こうなん》は意識するようにしてますが……」

「うん、俺の聞いた感じだと、十は持ってる」

「麻生さんは」

「千ぐらいかな」

絶句した。

「大したことじゃない。基本的に、同じニュースは二度巡ってこないだろう？　俺たちは役者でも声優でもない、声に感情を乗せるのが仕事じゃない。でもやりようはある。災害の時ひとつ取ってみても、現在進行形で警戒を促す時と、避難所の情報みたいに、広く浸透《しんとう》してほしい情報を伝える時とじゃトーンは違ってなきゃいけない」

言いたいことは分かるが、全然応用できる気がしない。自分の身体から出るものを、そこまで道具のように切り離すのは至難のわざだ。話す抑揚《よくよう》や高低やテンポを、「アナウンサー」に許された枠《わく》の中で細かく切り刻んで標本のごとく分類し、都度使い分ける。

「海外のニュースを見るのが好きなんだよ」

目の前のコーヒーが冷めるに任せて、手をつけないままつぶやく。

「ＣＮＮとかですか？」

「英語なら意味が理解できてしまうだろう。もっと、ペルシャ語とかヒンディ語とか、見当もつかない言語のチャンネルを音だけ流すんだ。政治なのか事件なのか経済なのか、あれこれ想像しながら。もっと究極を言うなら、うちのオープニングを見るたび思う」

「あの、アニメですか？」

「そう、宇宙人が出てくるだろう？　ああいう連中が、俺の読むニュースを聞いたらいったいどういう解釈をするんだろうって」

うわあ、頭おかしい。でもこのおかしさが麻生を麻生たらしめている。

「……すこし脱線したか」

「いえ、有意義なお話をありがとうございました」

「いい傾向《けいこう》だと思ったからな」

麻生は腕をほどくと、計の目を下から探るように見て笑った。

「何がですか？」

「国江田、悔しかったんだろう」

「え」

「お仕着せのつまらない仕事とはいえ、舞台の上で見向きもされなかったのが。俺は名簿を読み上げるだけのマネキンじゃないって思っただろう？」

「そんな——ことは……」

若宮誉があっさりさらっていった拍手と注目。確かに、落差にいら立った。でも成り代わりたいわけじゃない。国江田計としてあの場を仕切れなかったのが、そうだ、悔しかった。

「いいんだよそれで。お経《きょう》だろうが円周率だろうが俺がしゃべってるんだから俺の話を聞け、と思っていい。演者は強欲《ごうよく》であるべきだ。その欲がお前にも出てきたんならめでたい話だ。すこし変わってきたな」

欲、か。以前の自分は、そこそこの場が与えられれば満足だと思っていた。対外的に見て

「活用されているアナウンサー」でいることが重要で、そこから展望を広げたいとか階段を上りたいなんて考えもしなかった。だって面倒だし荷物が重たくなる。半径一メートルぐらいの世界で自分だけ守っていられたら――いや今だってそうだよ。お変わりありませんよ。野心なんて見当たらないし仕事の日は憂《ゆう》うつで、うちでぐうたらするのがいちばん好きに決まっている。

でも、変わった、と言われるのは怖くもいやでもなかった。そんならそれで、なるようになるだろ、という気分だった。計はもうひとりじゃなくて、何があっても絶対に変わらない潮がいるから。潮が計を強くした。

「そういえば、衆院の若宮議員がご挨拶にいらしてましたが、ああいうのはよくあるんですか」

「いや」

エレベーターを待つ間に尋ねると麻生は軽く眉根を寄せた。

「若宮って、若宮誉か？」

「はい」

「父親が郵政族だったからその絡《から》みかな。誰かから要請があったんだろう」

元郵政族、ということは現総務族。なるほど、電波の元締めか、へこへこするわけだ。

「二世なんですね」

「三世だよ。ただ、七光りのぼんくらじゃないな。地盤が固いのを考慮に入れても、選挙で二桁《けた》無敗はすごい。党が下野《げや》した大逆風の時にも自分の議席は守ってる」

「よくご存知ですね」

「東京1区だぞ、一丁目一番地だろう」

「毎回当選している方、という印象しかなくて」

「マスコミに取り上げられるような失言もなければ点数稼《かせ》ぎのパフォーマンスもしない。俺たちに目をつけられないってのは堅実に仕事してる証拠だろう」

「なるほど。いずれは大臣でしょうか」

「キャリアと実績見れば、とっくになっててもおかしくないが、大臣ポストはタイミングの部分も大きいし、今は〝適齢期〟の連中がごろごろしてて狭き門だろうな」

「厳しい世界ですね」

「アナウンサーよりは。……本当にスカウトでもされたか」

「まさか」

アナ部に戻り、局の事業部ブログを見てみると、土曜の授賞式についてさっそく書かれていた。放送としての露出は日曜の昼ニュースという目立たない時間帯だったので、ここでたっぷりお届けしますと言わんばかりに十枚以上の画像が掲載されている。一般人まず見ねえだろ。

写真写りも上々な若宮のショットをスクロールしていて、わずかに心に引っかかるものを感じた。おとといは真正面から見る機会がすくなかったが、改めて眺めると、この顔。

見覚えある……のは当たり前。政治家だし、実際に会ったし。でも、何だ、この感じ。違和感というか、あ、気持ち悪いな。外国の俳優の名前が出てこない時みたいだ。

「国江田、ちょっといいか？　来月のスケジュールなんだけど」

「あ、はい、今行きます」

ま、いいか。もう終わったことだし。計はブラウザを閉じて立ち上がり、頭を切り替えた。

「──いえ、気にしないでください。また何かあったらよろしくお願いします。はい──ええ、はい、どうも、じゃあ」

電話を切ると、ため息がこぼれたのに自分で腹が立った。そしてパソコンのモニターをにらむ。

「……何で今さらだよ……」

独白にもちろん答えはない。肘《ひじ》をついて額《ひたい》を押さえ、その内側で、何か考えなきゃと思う。これからについて。理由はよく分からないが現状はたぶんとても悪い。この先どうすればいいのか真剣に対策を練らないと。でも浮かんでくるのは昔のことばかりだった。

お父さんみたいに立派な人になってね、と何度も繰り返されたこと、「お勉強」と無関係の科目ばかり秀《ひい》でた通知表を「お父さんに顔向けできないわ」と嘆かれたこと。その父親に殴りかかって殴り返されたこと。家を飛び出したこと。思い出したくなくて頭を打ち振るとまぶたの裏がほんの数秒真っ白になった。

あ、雪、いや、霧かな。それはどんどん明度を上げて視神経と脳の境目っぽいあたりをつつき痛ませたがすぐ治まり、脳裏《のうり》には計だけが残った。お利口《りこう》でバカで、小心で大胆で、ぐうたらで努力家で、ひねくれていて分かりやすくて、潮が好きで大好きな、計だった。

ものつくってなきゃお前じゃない、と言ってくれた。もしつくらなくなったら、つくれなくなったら、俺はどんな俺になるのかな。

家に帰ったら潮が待っている。

それは全然いやじゃない。めし作ってくれるし、掃除洗濯しといてくれるしシーツ換えといてくれるし……いや別に家政夫扱いしてるわけではなく。単純に顔を見られれば嬉しい。マンションに入る手前で無駄な警戒を強《し》いられているせいもあり、帰宅してひとりじゃないのはほっとする。

でも、どことなくしっくりこないのは、今まで計が潮の家に通う割合のほうがずっと多かったからかもしれない。それで、潮は大抵自分の仕事をする。パソコンをいじったり機材の手入れや撮影をしたり。熱中して計に見向きもしない時もあるが、計は計で、好き勝手テレビをつけて食っちゃ寝するので別によかった。

ああ、そっか。ごく自然に「仕事をしている」潮の傍《そば》にいるのが当たり前だったから、こっちが勝手に手持ち無沙汰《ぶさた》みたいな気持ちになっている。安らぎながらもの足りない。眠りの縫《ぬ》い目が不意にほつれたのか、明け方ふっと目を覚ましてそんなことを考えた。そして隣で眠る背中に視線を移すと「どうした」と訊かれたので驚いた。

「わっ……」

「何だよ」

「急に話しかけられたらびびるわ……何で起きてるって分かった？」

「何となくそーゆー気配がしたから」

潮は背中を向けたまま答える。いやそんな、武道の達人的な。

「怖い夢でも見たか？」

「見てねーわ。お前が……」

「うん？」

「……うちに仕事持ってきてもいいのに、ってちょっと思ってただけ」

ナーバスになりがちな計を気遣っているのかもしれないが、ノートパソコンでもある程度の作業はできるだろうし、コンテを描くとか、もっと潮だけのことをしていい、というかしてほしい。

「気が乗らねーの」

闇の中、肩甲骨がしゃべっているようにもぞっと動いた。

「しばらく充電期間かな」

計が知る限りそんな消極的な発言は初めてだが、感性を必要とする仕事だし、今まで計に見せなかっただけ、という可能性もある。でもあっち向かれたままって、つい暗い予想をしてしまう（深刻なスランプとか）——と思っていたらぐるっと顔が現れた。

「いちいち心読むな！」

「お前が分かりやすすぎんだよ」

潮は何の憂《うれ》いもない、いつもの大らかな笑顔だった。笑って「計」と呼ぶ。

「何だよ」

「キスしていい？」

脈絡もなく何をぬかすのかこいつは、とふたり並んでぎゅうぎゅうのベッドで計は逃げ場もなく息を熱くした。

「だっ……駄目」

「あ、傷ついた」

嘘つけ、と突っ込むのも馬鹿らしい、涼しい顔。

「唐突にへんなこと言うからだろ！」

「昔、無断でやってビンタされたトラウマがよみがえって」

「大昔じゃねーか」

まだ外づらがばれる前だしつき合う前だし。

「そっか、じゃあキスして」

「何でだ」

「ほらほら」

目を閉じて催促されると、今さらむきになって拒否るほうが恥ずかしいなと思えたので「ばかじゃねーの」と毒づいて鼻先を寄せる。

すると、ぎゅっと胴体《どうたい》に腕が巻きつき、抱き寄せられたまま計の身体はぐいっと九十度回転した。

「わっ」

「はは」

真下にいる潮が笑う。

「やめろ、びっくりすんだろが！」

「どきどきしちゃった？」

「どきどきの意味が全然違うわ」

心臓に悪いし、急に大きく動くから掛け布団がめくれて寒いし。密着した人肌の感触がいつまでも鼓動《こどう》を冷まさないし。互いの右胸を叩き合う心臓の音がずっと続くのを聞きながら計はそっと唇を重ねた。

父の腹心である男の携帯番号をまだ覚えていた自分にびっくりしたし、変わっていなかったことにもびっくりした。

「変更の周知が面倒ですからね。機種はだいぶ変わりましたよ」

ほら、とかざしてみせるスマホの中には数千ではきかない数の連絡先が入っているのだろう。

それにしても、とうに捨てたと思っていた実家の関係者が、今現在暮らす家にやってきて目の前に座っている違和感ときたら。夢みたいだ。悪い意味で。

でも一応「わざわざご足労いただいちゃってわりーね」とは言う。

「選挙も近いんじゃねーの」

「衆院は常在《じょうざい》戦場ですよ」

かまをかけてみたが決まり文句でかわされる。

「お久しぶりです、大きくなられた」

とうに大きくなりきった年でそんなことを言われると、妙に面映《おもはゆ》い。

「西條《さいじょう》さんも、相応に熟成してきたね」

「老《ふ》けたと仰《おっしゃ》ってくださって結構ですよ」

「いや、昔よりさらに食えねー感じになってるから。いろいろあったんだろーなって」

「まあお互いに」

幼い頃、ほかの友達の家には西條のような存在がいないらしいことがふしぎでたまらなかった。「お父さん」でも「お母さん」でもない人。共に暮らし、父の傍《そば》に影のようにつき従い、母も何かと西條を頼りにしていた。次のお茶席にこの着物はおかしくない？　とか、中元歳暮の礼状に添える文面について。潮《うしお》自身、自由研究のテーマを相談したり、授業参観に来てもらったりした記憶がある。よその家は、仕事や生活のこまごましたサポートを誰がしてくれているんだろう、と思っていた。家族や親戚じゃなく、かといって使用人というニュアンスでもなく、敢えて言うなら、ひみつ道具で何でも解決してくれる猫型ロボットみたいなものか、自分の想像にすこし笑った。

「何か？」

「いや」

「お仕事ではずいぶんご活躍のようですね」

「そうでもねーよ、特に最近は」

「と言いますと？」

「先方都合のキャンセルだらけで閑古鳥《かんこどり》鳴いてんの。理由訊いても奥歯にもの挟まったような返事しかくれねーしさ、へこんじゃって」

「まあ、働いていれば下降線の時もあるでしょうね」

「こんだけ立て続くの初めてだから。……まーるで誰かに邪魔されてるみたいな」

意味ありげな視線を送ったが、蛙《かえる》の面《つら》に水の無反応だった。

「お疲れなんじゃないでしょうかね。ずっとひとりで頑張ってこられたんだから無理もない。すこしご実家でゆっくりされては？」

「それ、まじで言ってる？」

「もちろん。育った家にお戻りになる、何の問題が？」

「問題？」

潮はふっと顔をゆがめ、顔をそむけることで声にならない憤《いきどお》りを投げ捨てた。

「よく言うよ、てかあんただろ、俺の仕事邪魔してんのは。あんたらなのか知らんけど。証拠出せとかくだらねーこと言うなよ」

西條は、ひややかな温和さをたたえた表情を崩さなかった。これ以外の顔をあまり見たことがない。

「ご存知なら話が早い。お遊びみたいな『仕事』は辞めてそろそろ帰ってきていただかないと」

「お遊び？」

「そうでしょう？　いっとき人の目を楽しませるための娯楽、それが不要だと言うつもりはありませんが、あなたにはもっと大事な役割があるはずだ」

「継がねえよあんな家。あんたも親父もどうかしてる、今さら」

あいつみたいな悪態《あくたい》の才能が俺にもあったらな、と思った。容赦《ようしゃ》ないのにちょっと笑えるやつ。そうしたらこの男の鼻を明かしてやることだってできるかもしれない。

「あんな家？　あんな父親？　あんな仕事？　いつまで経《た》っても反抗期の子どもの口ぶりですね。あなたがどれほどお父様の仕事を分かっていると？　一ヵ月、いや一週間でも後ろをついて歩けばそんなふうに言えなくなりますよ」

「俺は反抗期で家出たんじゃねえ」

声にはっきりと怒気《どき》がこもるのを自分で抑《おさ》えきれなかった。

「つき合いきれねえって思ったから縁切ることにしたんだよ」

「親子の縁など、そう簡単に切れるものではありませんよ。今さら、なんて片腹痛い。あなたが家を飛び出すまでと同じだけの時間がもうすぐ経つ、潮時《しおどき》でしょう。十五年近くご自由に生きて満足したでしょう？　二十代も満喫《まんきつ》されたことですし、そろそろご自分の責任を自覚して果たしていただかないと。『好きでこの家に生まれたわけじゃない』なんて幼稚な反論はやめてくださいよ」

「今まで、温情で放牧してやってただけだって？」

「そこまで言ってないでしょう。すこし落ち着かれてはいかがですか」

そう、激したほうが負けなのだ。分かっていて頭が煮えるのは、一向に変わらない生家の価値観を目《ま》の当たりにしたのと、アキレス腱《けん》を握られている懸念《けねん》があるから。

「今の『お仕事』も趣味として続けていただいて結構ですよ。カラオケでキャンディーズが得意なんていうのより若年層《じゃくねんそう》に人気も出るでしょうし。党の広報動画でも頼まれるかもしれませんね。ギャラのほうは保証できませんけど」

「趣味?」

「ええ」

「それでめし食っていきたいっていうプライドぐらいは俺にもあんだよ」

「プライドでめしは食えないとも言いますね」

「あのさあ」

潮は軽く身を乗り出した。

「決定事項みてーに話されても困るんすけど。大体さ、本気で俺にできると思ってんの? 政治家とか」

「もちろん思ってますよ」

「学はねーし学歴もねーし頭わりーし。俺の通知表の数字、あんた知ってるだろ」

「ええまあ。通信欄には『活発で優しい性格で、誰とでもすぐお友達になれます』と書かれていましたね」

自分で切り出した話題なのに、母の嘆息が思いがけずはっきり耳元によみがえってきたのはいい気分じゃなかった。

――潮、こんなんじゃ、お父さんが恥をかいてしまう。もっと頑張ってね。

「私個人として、あなたの頭が悪いと思ったことは一度もありませんよ。むしろいろんなことに関して勘がいい方だった。機械の説明書を読まなくても触りながら吸収していくタイプだ、だからこそ教科書的なお勉強になじめなかった。ま、何にせよ大した障害じゃない。高等小学校卒の総理大臣もいますからね。選挙は選対《せんたい》が、国会での質問や答弁《とうべん》は官僚が仕込めばいい。見栄《みば》えがよくて人から愛される、これこそ学校では身につかない天分です」

「俺に、バッジつけただけのお人形になれって?」

「もちろん徹底的にレクチャーしますよ。まずはお父様の私設秘書としてかばんの持ち方傘の差し方から私が叩き込む。GW明けの政治資金パーティにはゆくゆくの後継者としてお披露目《ひろめ》できるかってとこでしょう」

「はは」

捨《す》て鉢《ばち》な笑い声を洩らし、潮は「冗談じゃねえよ」と吐き捨てた。

「勝手に人の人生決めんな。俺はあんたらに関わらねえ、だからあんたらも俺の生活引っかき回さないでくれ」

「無理な相談ですよ」

「そのくだらねえ計画、親父の意向か？」

「私の忖度《そんたく》も多分に含まれますが、もちろんお伺いは立てています。やめろとは言われておりません。そう悪いお話ですかね？」

膝の上で合わせられた西條の指がうねうねと動く。それをじっと見ていると催眠術にかかってしまいそうだった。

「きょうあすひとり立ちしろなんて言いませんし、やることさえやっていただければ最大限の自由は保証いたしますよ。よほどのはめを外さなければ秘密も守れる——プライベートのね」

その含みのある口調に、潮は危惧《きぐ》が確信に変わるのを感じた。一段とひくい声で「何を知ってる」と質《ただ》した。

「ぜんぶ言え、この場で。俺について調べたこと」

西條は涼しい顔で「そう多くはないですよ」といなした。まるで子ども扱いだ。

「こちらに足繁くお越しになる方がいて、あなたのほうでもひんぱんではないにせよ出かけてますね、この近所のマンションに。で、定期的に来る人物はふたり——マスクと眼鏡の、若干《じゃっかん》怪しげな風体《ふうてい》の男性と、たまに、きちっとしたスーツを着た、テレビでよく見るお顔の……しかもおふたりとも、同じところにお住まいのようだ。あなたが足を運ぶマンション。ふしぎな符合ですね」

潮は思わず立ち上がった。頭痛とめまいがした。まさか、と、やっぱり、が交錯する。

「醸《かも》す雰囲気が違いすぎて一見とても分からないが、同一人物ですね。旭《あさひ》テレビの国江田《くにえだ》さん？　お若いのにずいぶんと評判がいい」

「お前らか」

情けないことに声がふるえそうだ。しっかりしろ、と自分に言い聞かせる。何とかしないと、このままじゃ何もかも壊されてしまう。自分が十四年かけて築いてきたものも、計《けい》が守ってきたものも。

「出馬《しゅつば》だなんだってうわさ流したのは」

「そんなことはしてませんよ。心当たりにいくつか尋ねただけです。国江田計とはいかなる人間なのかと。又聞きの又聞きで妄想をたくましくしたメディアがあって、ご迷惑をおかけしたなら申し訳ない話ですが」

心にもないことを。

「どこに当たっても、悪い話はひとつも聞こえてこなかった。優秀な人物ですね。本当にそう思いますよ。カメラに映ってないところでどんな格好をしていようが、彼の優秀さを何ら否定するものではない。もっと、口にするのも憚《はばか》られる嗜好《しこう》の人間なんか永田町では珍しくもない。私服姿が広まれば、庶民的な姿もいいって却《かえ》って人気が上がるかもしれませんね」

西條は潮を見上げ、軽い苦笑を洩らした。

「そんなに顔色を変えるからには、ただの仲のいいお友達じゃなさそうだ」

「何が言いたい」

「国江田さんという方、特別に親しい友人は見当たりませんでした。不必要に他人を寄せ付けないタイプなんでしょうね。でもどうやら、潮さんには特別に心を許している。プライベートの姿を見せてしょっちゅう行き来するほど」

「だから何が言いたい」

「いいんですよ、同性愛も。徹底的に隠してはいただきますが。国江田さんにとっても好都合でしょう？　彼も一般人とはわけが違う」

「もし俺が突っぱねたら？　またどっかに情報流すか？　どうせあいつの写真もきっちり撮ってんだろ？」

「ご想像にお任せしますね」

「ふざけんな」

怒りで奥歯を嚙み割りそうだった。

「あいつには関係ねーだろ」

「それは無情なお言葉にすぎやしませんか。恋人でしょう？　ひょっとしてご自分の出自《しゅつじ》もお話しになってない？　それはよくない。人間はね、生まれ育ちからは逃げられないんだ。影を切り捨てて本体だけで存在することはできない」

「黙れ」

拳《こぶし》を握り、かつては身内同然だった男をにらみ据《す》える。

「あいつ巻き込んだら殺すぞ」

本気だった。でも同じくらいちゅうちょのない「どうぞ」が返ってくる。

「私も、若宮誉《わかみやほまれ》のためならいつ死んでも構いませんよ。まあでも、あなたの恋人はそんなこと望んでるんでしょうかね？　私を殺して口を封じる、ああ結構だ、実の息子が私設秘書を殺したなんて話、さすがに隠し通せない。お父さまの名も地に落ちる、あなたはそれで満足かもしれない、でも国江田さんはどうですか？　何があったか突き止めようとするし、知った時に保身で口を拭《ぬぐ》っていられるような性格でもない、違いますか？」

「……あんたが何知ってんだか」

「国江田さんについては存じ上げません、が、潮さんのことはいくらか知っているつもりですよ。あなたがそこまで大切に思うお相手が悪い人間のはずがない」

西條の口調がやわらかになる。こういうところが汚ねえよ、と思った。父親と刺し違えることはできる、地位も名声もずたずたにしてやれる、でも血のしみが訃にまで飛んでしまう、それだけは、本当に死んでもいやだ。潮はソファに沈み込むようにかけ直し、組んだ両手の間に細く弱い息を吐き出す。

「うぃーす」

「おう、お疲れ」

生放送終わりだから深夜、にもかかわらず竜起《たつき》はいきいきと元気そうで、若さかな、なんて思ってしまった。自分が疲れているせいかもしれないが、テレビに出ている人間特有の艶《つや》と引力みたいなものにぐっと体力を吸い取られてしまいそうな気すらした。

「ビール？」

「あ、はい。何かありましたー？　先輩また頭打っちゃったとか？」

「さっきまで一緒だっただろ」

「あ、そっか」

「お前と飲みたくなったんだよ」

「えーまじすか嬉しーなー。じゃあ今度都築《つづき》さんも大阪行って野球しましょーよ」

「何それ」

「京セラドーム時間貸ししてくれんすよ。深夜だと超安くて、頭割りで一万円かかんないくらい」

「へー、で、皆川《みながわ》が実況してくれんの？」

「いや俺はエースとして登板《とうばん》しないとでしょ」

真顔で言うから笑ってしまった。「いーね、面白そう」と相づちを打つ。

「でしょ?」

「やる時はあいつも誘ってやって」

「えー国江田さんですか?　親人質にとっても来ないっしょ」

「だな……最近どう?」

「どうって?」

「何だろ、いろいろ?　国江田さん元気?」

「いや元気も何も会ってるでしょ」

「俺といる時は国江田さんじゃねーからさ」

「あ～ややこしいカップルだな～、特に何ってことは――」

そこで竜起はぱちっとまばたきをした。

「ちょっとあるかも」

「なに?」

「国江田さん若干《じゃっかん》変わってきたなーって。こないだ雑談してた時、俺が逮捕されたら番組が終わるみたいなこと言ったら『辞表書いといてやる』って言ったんですよね」

「それが?」

「いや、前の国江田さんなら『別に終わってもいい』って言いそうじゃないすか。番組がどうなろーが、あの人単体を欲しがるPなんかいくらでもいますし」

「……ああ、そっか」

「最近、麻生《あそう》さんに質問してる時もあるし、スタッフへの当たりも変わってきましたね」

「え、毒吐いてんの？」

「まさかー。でも方向性としてはそうなのかな？　細かい要求をさらっとするようになったというか……例えば、この原稿はホッチキスじゃなくてクリップで留めてほしいとか、言う人じゃなかったと思うんですよ。さりげなくやり直すタイプ。俺なんか何でも『おねがーい』ってしますけど、国江田さんはたぶん、頼んだ相手にミスられたら時間食うし腹立つから、なるべく自分ひとりで完結させる派」

「分かる」

　計は基本的に他人を信用していない。計ほど頑張る他人も結果を出す他人も世の中にそれほどいなくて、そしていたらいたでうっとうしがるので。そういう、面倒くさく閉じた部分も潮は好きなのだけれど。

「ほんのちょっとですけど、外注する場面が増えて、言われたほうも嬉しいんですよ、それは。国江田さんが頼りにしてくれてるみたいで。そやって番組がうまく回ってる感じ、俺は結構好きですね」

「うん」

「プライベートが満たされてるからかな～？」

「バーカ」

話を聞けてよかった。計自身、気づいていないことだろうから。きっとこの先だって、悩んだ経験も行き詰まった経験もぜんぶ栄養にして、国江田計というアナウンサーはどんどん大きな存在になっていくのだろう。

——お前と電話してなきゃ、逃げ出してたかもしれない。

——俺は、初めて、ひとりだなって思って、初めて、ひとりじゃないとも思った。

たぶんそれ、今はどっちも違うと思うよ。お前はひとりで何でもできるし、ひとりじゃなくなることだってできる。国江田計が本気出せば、誰にも負けない。

すごいな。

別れ際、竜起は「まじで野球行きましょうよ」と何度も念を押した。潮は笑顔で手を振り続けた。


その日は特に大事件も事故もなく、計にとってはネタ薄で張り合いがない反面気楽と言えば気楽な平日、という位置づけだった。夕方、アナ部から「ザ・ニュース」のスタッフルームに向かうエレベーターの扉が開くまでは。

「おっ、お疲れさまっす」

左右に割れたドアの間には潮がいて、叫び出しそうになったが、完璧に訓練された声帯はとっさの反射さえぐっと飲み込み、計は数歩後ずさって呼吸を整える。

「……都築さん」

「乗んなよ」

「あ、はい、ありがとうございます」

しかも潮の隣には竜起までいた。エレベーターが上昇し始めたのを確認して「何やってんだよ」と問い詰める。

「知っててもすげーな、その変わり身」

「名人芸ですよね」

竜起が頷く。

「芸って言うな！」

「や、ちょっと見学させてもらおーと思って、設楽《したら》さんにお願いした」

「で、俺が警備から連絡もらってゲスト入館証の伝票にサインしてきましたー」

「何で――」

エレベーターが停止し、ドアが開く。

「――どうしてわざわざ見学に?」

潮はあからさまに吹き出すのをこらえながら「ちょっと枯れ気味でさ」と答えた。

「国江田さんは、不安な時ほどいつもどおりのことするっつってたけど、俺は逆張りで、違うことしてみようかと思って」

インスピレーションを求めて、というわけか。そこまで切実に困っているとは知らなかった。平気な顔ばっかしてねーで、普段から言えよもっと。別に何をしてやれるわけじゃねーけど。

そうだ、計が悩んだり迷ったりした時は、いつも潮が言葉や行動で背中を押してくれた。潮が逆の立場に立たされているかもしれない今、自分には何かできるだろうか。この間からずっとくすぶっていたもどかしさ。

「都築さん」

局内だし、竜起も傍にいるし、何を言っていいのか分からず、ただよそ行きの名前を呼んだ、その時。

「おいっ‼」

廊下の先からものすごいボリュームの怒鳴り声が聞こえて、計はぎょっと肩を縮《ちぢ》めた。どんくさいADにキレる時など、このように大声張り上げる人間がいない職場じゃない、が。

「国江田計っ!」

え、俺? 何で? 慌てて声の方向に顔を向けると、白髪頭で着物姿のじいさんが、やたらと頑健な足取りで近づいてくるところだった。見覚えがある、すごーくある。「ザ・ニュース」の第一回オンエアで手こずらせてくれた、あのじじい。

「あっ、江波《えば》じいだ」

竜起が無邪気に指を差す。

「わー俺、本物初めて。テレビで見るのと一緒だー」

「こら、年長者を気安く指差すなっ！」

江波じい、こと江波惣元《えばそうげん》、中道左派《ちゅうどうさは》の「恭進党《きょうしんとう》」党首、議席数の割に声のでかい政界のご意見番、特技は野次とキレ芸。うん久しぶり、全然会いたくなかったけど、で、俺は何で怒鳴られたんだっけ？

「ご無沙汰《ぶさた》しております」

いんぎんに頭を下げると「まったくだ」とふんぞり返った。

「酒も持ってきやがらんし……」

「プロデューサーに改めて伝えておきます」

「そんなことよりお前、持民《じみん》から出馬するらしいな！　恩知らずめ！」

今いちばん蒸し返されたくない話題を大声で切り出され、脳天にアクセント辞典を振り下ろしてやりたくなったが、おそらく実行してもぴんぴんしている。せめて音のレベル下げろよくそじじい。

「いきなり与党の威《い》を借りて甘い汁吸おうなんざ心がけがなっとらん。うちから出ろうちから」

百万歩ぐらい道踏み外して政治家になるとしても、議席二十程度の木っ端《こっぱ》野党じゃ先が知れてる。

「……そうすりゃすぐ三役《さんやく》ぐらいにはしてやる」

結局甘い汁で釣ってんじゃねーか。二十分の三じゃ大した権力もなさそうだけどな。

「何かややこしそうだから、俺そのへんぶらぶらしてるな」

「え」

「また後で」

潮は耳打ちすると、計のスーツの胸ポケットに素早く何か差し込んで非常階段からどこかへ行ってしまった。薄情じゃね。計は仕方なく笑顔を再構築して江波に向き直る。

「何か誤解があるようですが、選挙に出るつもりは一切ありませんので」

「まあどいつも最初はそう言うわな」

だ・か・ら～‼

「最初も最後も変わりません。政治家になろうなんて大それた気持ちはゼロです」

「何だつまらん」

出てほしいのかほしくないのか、老人はむすっと唇をへの字にすると、着物の袂《たもと》に手を突っ込んだ。

「ほれほれ、手を出さんか。そっちの坊主も」

「お、リアル袖《そで》の下？」

アホな後輩は喜んで両手を差し出したが、もらえるわけねーだろ。

「いえ、あの、そういうのは社の規定でお断りするようにと」

「飴《あめ》ももらうなってか？　しみったれた会社だな」

「飴？」

竜起の手のひらにぽとっと落とされたのは、確かに丸い金太郎飴だった。断面には、どこぞのファンシーなマスコットを三回ぐらいうろ覚えでパクり直したような生物がデザインされている。

「この春デビューする恭進党の公認キャラクター、キョーちゃんだ」

うん、ゆるキャラグランプリ二千位ぐらいだな。

「わー微妙〜。もいっこください」

「党員になったらな」

「え、俺には立候補しろって言ってくれないんすか」

「お前はいらん、何だか人間性がうすっぺらそうだ」

「いやありますよ重厚感《じゅうこうかん》」

どうでもいいから早《は》よどっか行け、と念じていると、折りよく「先生！」という声が聞こえた。

「こちらで打ち合わせがありますから……」

「おうおう、今行く」

老人は鷹揚《おうよう》に手を振り、計に「気が変わったらいつでも来い」と言い残した。

「公認やるからな」

いらねえつってんだろ。

「いやーパイセンもてますね〜男ばっかりだけど！　あはは」

「やかましい」

後輩の軽口を小声で制し「あのじじいこんなとこで何やってんの？」と尋ねる。

「BSでレギュラー始まったみたいですよ。国江田さんがMCした討論会で話題になってからちょこちょこ仕事増えてるっぽいですねー」

ならむしろ恩に着てほしいのはこっちだ。

「ところで都築さんは？」

「消えた。そのうちひょっこり現れんだろ」

「十時んなったらスタジオ来ますかね？　先輩さすがに緊張して噛んじゃったりして」

「しないよ」

また、違うエレベーターがやってきて停まったので口調を戻す。

「誰が来てようが来てまいが、視聴者には関係ないから。仕事は仕事」

するとと竜起は「はー」と後ろ頭をかいた。

「先輩時々かっけーからずるいな〜」

時々？　納得いかない。

頭を切り替えて打ち合わせ、下読み、と進行し、本番三十分前にスタジオ入りすると潮がちゃっかり制技《せいぎ》に混じってカメラをいじっていたりした。目に気づくと目だけで挨拶《あいさつ》する。テレビ局というところは、入館証をもらって中に入ってしまえば結構自由にあちこち覗ける。タレントの頭数が多いバラエティや音楽番組は厳重だが、不特定多数の出入りは当たり前だし、誰かの関係者だろう、どこかの制作会社のスタッフだろう……といちいち身元を尋ねない。へたに怪しむそぶりを見せて、相手が偉い人だったりすると怖いし。

なので潮も、座敷童子《ざしきわらし》状態でスタジオをうろついているようだった。いいけど、気が紛《まぎ》れるんなら。

「3カメでスリーショット？　で、1はMCワンショットで置いとくでしょ、ツーショの時は？」

「2で斜めから」

「モニター見にくくないすか」

「あっちのハイモニで確認してる」

「なるほどー。ハンディは？」

「あんま使わないかな。番組のテイスト的に、スタジオで動きのある画《え》が欲しい時ってそうそうないしね」

ざっくりした雰囲気が警戒心を起こさせないのか、潮は竜起とはまた違う意味でどこにでもなじむ。若かりし頃、のバイト経験の賜物《たまもの》だろうか。本番でカメラ回し始めても驚かないな、と思っていたがさすがにそこまではせず、隅っこに立っておとなしくオンエアを見ていた。

——さて、きょうの会見で総理は「悪《あ》しきジンクスを打ち破りたい」と繰り返し述《の》べました。これはやはり、選挙に向けた布石《ふせき》と取っていいのでしょうか？

——そうですね、増税に踏み切るとどうしても支持率が下がりますが、だからこそ増税の是非を争点に解散を打ち、攻めの姿勢で信を問う、と。野党内には相次ぐ閣僚の失言や不祥事に対し、内閣不信任決議案提出の動きもあります。これがもし可決《かけつ》されれば解散か総辞職しかなくなりますから、追い込まれ解散は避けたい展開です。

——その、内閣不信任案が可決されるためには衆院の過半数の賛成が必要です。現状の野党の議席数から考えますと高いハードルですが、与党から造反者が相次ぐ可能性があります。内閣発足《ほっそく》時に浮き彫《ぼ》りになった派閥間の溝《みぞ》がより鮮明になってきました。国江田さんから。

——はい、持民党内で世代間の対立が激しさを増しています。大臣ポストを得られない「入《にゅう》閣《かく》待機組」にくすぶる不満を探りました。

リードからＶＴＲへ。淀《よど》みなく読み進める。当たり前だ。授業参観ごときでペースを乱してたまるか。計は基本的にモニターを凝視《ぎょうし》し、手元の原稿にはほとんど目を落とさない。過剰なぐらいご丁寧にテロップが出ているので下読みを数回しておけばそれでこと足りる。自分の声と画が一体になっていく時の感覚が好きだった。この頃特にそう思う。

切って継《つ》いだ映像と原稿、効果音と音楽、それらをアナウンスで包んで画面の向こうに届ける。欲も我もある、でもその時、自分ひとりがどうこうじゃなく、すべて引っくるめてひとつの完成されたパッケージであるようにと望んでいる。画がしょぼかろうと原稿がへたくそだろうと。

読み終わるすこし前から、カメラに抜かれていいように表情を整えておく。タリーランプの灯《とも》るカメラの向こうに潮がいて目が合ったけれど、緊張するわけでもなくかといって格別テンションが上がるわけでもなく、「いるな」という感慨未満の認識だけを抱く。強いて言うなら、「邪魔じゃない」だろうか。まどろみながら聞く雨音、車窓《しゃそう》の彼方《かなた》にずっとついてくる海、そんなのと同じに。

ああ、潮も言っていた。作業をしている傍《かたわ》らに、何をするでもない計がいると「落ち着く感じがした」と。同じかな。それはすこし嬉しいかもしれない。

「……ＣＭでーす！」

しかし、その空気がほころびるとあっという間にフィルターが取れるのか、女性スタッフに椅子など勧《すす》められているのを見ていらっとした。おいお前の仕事はヘアメイクだろが。こう、スタジオの片隅にあるパイプ椅子を持っていくとかスタジオの外に置いてあるポットからコーヒーを淹《い》れてくるとか、一切元手のかかっていない点数稼《かせ》ぎだから尚さらむかつく。いっそ塊《かたまり》の肉でも貢《みつ》いでくれたら評価してやる。もちろん、コネで見学に来ている身分の座敷童子は謹《つつし》んで辞退申し上げていた。

無事にオンエアが終了し、スタジオで軽く反省会をするあたりで潮はまた姿を消した。しれっと輪に入るのがうまい人間は、抜けるのもうまいものらしい。

衣装から私服のスーツに着替え、胸ポケットに何か入れられていたのを思い出し、探る。うすくて固い。引っ張り出すとそれは二つ折りの、厚紙のカードホルダーだった。筆記体の金箔《きんぱく》で刻印されているのはここからそう遠くないホテルの名前で、中身は部屋番号のメモとカードキー。何だこりゃ、いや、分かるけど。「今どこ?」とLINEを入れると「タクシー」と返信が届く。

『どこに?』

『ホテル。鍵渡さなかったっけ?』

『あるけど』

『じゃ、後ほど』

これも「いつもと違うこと」の一環だろうか。……どっちか誕生日だっけ? いやいや。初めて会った日、でもない、つき合い出した、違うな……そもそもアニバーサリー体質じゃなさそうだし。いやでもサプライズかましてくる時あるよな……皆川あたりとぐるになってて最終的には「ドッキリ大成功!」みたいな……あると思います。

ひとり、深夜のアナ部で警戒を強めていると、要注意人物がのんきに声をかけてくる。

「あれ、国江田さんまだ帰んないんですか?」

「騙《だま》されねーからな!」

「え? 何が?」

竜起はきょとんと訊き返した。演技には見えない、が、アホのくせに油断できないアホであるからして……猜疑《さいぎ》の眼差しを向ける。

「あ、さっきの飴、やっぱ欲しかったんすか? 俺もう食べましたけど」

「いらねーよ!」

油断できないけどたぶんシロだ。考え込んでいても埒《らち》が明かないのでB1からタクシーに乗ってホテルの名前を告げる。深夜だし、鍵を持っているとはいえフロントのあたりをうろつくのは気が進まなかったが、幸いホテルの地下にも車寄せがあり、そこからカードキー認証のエレベーターで客室フロアまで直接行けるつくりだった。足音を吸い込むじゅうたん敷の廊下の左右にずらりと並ぶ扉から、メモ書きの四桁《けた》と同じ数字のプレートを見つけて立ち止まる。

ドアベルを鳴らしてみたが応答がないので、ドアノブの下のセンサーにキーを触れさせ、ちいさなランプが緑に光ったのを確かめてそっと押し開けた。重たい扉を腕で支え、足は踏み出さないまま顔だけ覗かせて中を窺うとバスルームの引き戸が開き、潮が現れる。

「刑事か」

計の用心深い来訪《らいほう》を笑った。

「チャイム鳴らしたのに開けねーから……」

「シャワー浴びてた」

バスタオルを首に巻いたバスローブ姿で冷蔵庫のミニバーを物色《ぶっしょく》し始め、部屋の入り口に立ったままの計に「入れば？」と言う。

「……おう」

背後でドアがかちりと閉まる。壁の姿見には、困惑をあらわにした顔が映っている。

「もっとこっちくれば？」

「おう」

広々したツインルームだった。窓辺のカウンターにぴったりとくっついているのは同じ高さのソファで、横向きにゆっくり脚を伸ばして座ると、夜景を眺めるのにちょうどよさそうだ。

「座れば？」

「おう」

置いてあった潮のかばんを隅に押しやり、ついでに自分の上着を載せるとわざとどっかりふんぞり返ってみる。

「息すれば？」

「常にしてるわ！」

「いちいち指示出したほうがいいのかなと思って」

結局、いつもと代わり映えしない缶ビールを二本持って潮は計の隣に座った。

「お前、何か企《たくら》んでんだろ」

「何だそりゃ」

「何もなくていきなりこんなホテル取らねえだろ」

「朝の占いのラッキーポイントが『連れ込み』だったから」

朝っぱらからそんな単語出す占いがあるか。不信をあらわにビールを受け取ると、計の顔がよほどおかしかったのか潮は笑って「何もねえけど」と言った。

「オンエア見て、そのままどっか泊まったら楽しいだろうなって思っただけ。迷惑だった？」

またそういうずるい訊き方すんだろ。

「……で？」

「ん？」

「枯れ気味だったのはどうなったのかって訊いてんだよ！」

「あー」

髪に触れられ、無造作にくしゃくしゃ撫でられる。いつもの潮の仕草。

「心配かけてごめんね」

そして、心配なんかしてねえよバカ、と言えば、いつものやり取りになる。でも計は言わなかった。

「何か問題あんのかよ」

「え？」

「俺はお前の心配したらいけねーのか」

潮は、計の安全地帯だ。外で何があろうと潮のところに行けば大丈夫で、大丈夫だと思えるからまた外に出て行ける。計をぜんぶ分かっていて、ぜんぶ好きだと言う潮のいる場所。

でも、潮は？　悩んだり弱ったり、誰かの助けを必要とする場面を今まで想像もしなかったけれど。

アルミ缶の表面に浮いたしずくが、握り締めた指を濡らす。潮は笑顔を引っこめた。無表情なんじゃなく、ただ静かに凪《な》いだ顔で、見慣れなくてどきっとした。

「俺がお前の心配したら景気悪くなんのかよ少子化が進むのかよＰＭ2.5が濃くなんのかよ！」

沈黙が流れると焦《あせ》るのは職業柄か、自分の臆病《おくびょう》さのせいか。つい不要な発言を重ねてしまい、あーこれ茶化されて終わりそう、と後悔した。

「そんなこと思ってない」

しかし、穏やかな口調で言われる。

「ありがとう。ほんとに嬉しい」

まじめにこられるとそれはそれで動揺してしまって「あ、あっそ……」ときょろきょろ目を泳がせた。おかしいな、生放送中の不測事態なら何とでも対応できるのに。

「でも俺の場合、どうしても自己嫌悪のほうが先立っちゃうからさ」

「アホ！」

計は潮の頰をきゅっとつねった。

「つまずいて心配されたら自己嫌悪だと？　そもそも何さまだてめーは！　元々の自己評価が高すぎなんだよ、自由人ぶっといてプライド高いとかめんどくせーな！」

「あー……そうかも」

「凡人は凡人らしくハードル下げやがれ」

「ハードル十メートルぐらいに設定してる国江田さんが言うとすげー説得力だな」

それもう違う競技だろ。

「俺はいいんだよ」

ハードルは下げない、それで転んだら潮にひとしきり心配させてからまた走り出すだけの話だ。何でお前もそうしねーかな。ちょっとは俺を見習え。

「そうだな、何だかんだ越えちゃうし」

計の手を摑んで甲にくちづけると「きょうもかっこよかったし」と真顔をゆるめた。

「当たり前だ」

「でも、ちょっと女の子に声かけられただけで怒んなよ。そっちの心配してる割合も圧倒的に俺が多いんだから」

「別に怒ってねーから！」

「うっそ、頑張って信頼回復しようと思ってたのに」

潮は計の手からビールを取り上げると、二本ともカウンターに置いてしまう。

「今から飲むとこ」

「後でな」

ネクタイを、自分で取る時には何とも思わないのに、喉元に伸びた手にほどかれると、その衣擦《きぬず》れの音だけで耳の中がむずむずする。

「お前、偉いよな」

だらりと結び目を失ったネクタイをソファの背にかけてしみじみつぶやく。

「偉いけど、何が？」

「肯定《こうてい》してから訊くのかよ。毎日、こんなきゅうくつなかっこしてすげーなと思って」

「お前は今日本中のリーマンを敵に回した」

「何で」

「すげーも何も、こういうユニフォームに決まっちゃってんだからしょうがねーだろ！　おめーみたいな自由人クリエイターは言うよな、毎日決まった時間に出勤するのがすごいとか満員電車乗るのがすごいとか、こう、下からに見せかけた上から目線で」

「俺って自由に見える？」

「ふらっと人の職場来てふらっとホテル取ってんだろーが」

もちろん、ぶらぶら遊んでいるわけじゃないのは重々承知だけど。

「ま、いーじゃん。国江田さんはそのかっこ似合うし」

ちゃっかりボタンを外していきながら潮は言った。

「似合うも何も大概《たいがい》の人間が無難《ぶなん》に着こなせるから普及してんだけど」

「でもお前のスーツ姿好きだけどな」

「ジャージばっか着てて悪かったな！」

「いやジャージも好きだよ、職質ぎりぎりの」

「一向に嬉しくない」

とか言い合っている間に、シャツの前はすっかり開かれた。

「……スーツ好きなんじゃねーのか」

「バカ」

そういう空気、の時しか言わないニュアンスの「バカ」だった。

「何にも着てないのがいちばんに決まってんだろ？　俺しか見ないんだから」

「バカ！　おめーがバカ！」

「はいはい知ってる知ってる」

　ベッドに連行されるのかと思いきや、潮は計を背もたれに向けさせて後ろから抱き締めた。座面の奥行きがあるので狭苦しくはないが、カウンターに両肘をつくと、夜景と自分が二重写しになって目のやり場に困る、というかない。ロールカーテンを下ろせ……と言っても無駄だろう、むしろ藪蛇《やぶへび》の可能性が高い。前にもこんな感じで鏡ビューで抱かれた記憶に封印の札を貼っておいたはずなのに、あっさり剝がれて思い出してしまう。そして思い出してしまうと拒絶より興奮の針が振れるのはなぜ。

「あれ、何か盛り上がってます？」

「だから心を読むな！」

「読むっつうか、触る、かな」

　シャツの下に着たTシャツはぴったりした薄手の生地だから、鼓動の乱れが簡単に伝わってしまう。そして、その布さえするするかいくぐって素肌に触れられると、もうごろんと心臓を丸ごと明け渡した気になる。

「ん……」

　計は顔を伏せ、自分とお見合いしてしまわないよう手つかずのアルミ缶に視線を据《す》える。ラ

ベルと、原材料国やらアルコール度数の表示やら、今まで目の端にも留めなかった情報。ただもう、ちっとも頭に入ってきやしねえ。

腰の後ろにすべった手がシャツとTシャツをひと息にたくし上げ、ゆるやかにたわんだ背中をじっくり撫でた。単純に造形や感触を愛玩《あいがん》する手つきは、性的な欲求と同じくらい気恥ずかしかったりする。顔や髪型と違い、ふだんの手入れをするようなところでもないし。「きれーな背中」なんて、独り言みたいに落とされ、じわじわ心臓が潤《うる》む心地がする。

「イケメンって言え」

「そここだわる？」

潮は笑い、「でもきれいだしな」と唇をつけた。

「ほくろ一個もなくて、ほんとに無地って感じ……知ってた？」

背中なんか、まじまじチェックするわけがない。

「もったいねーけど、痕《あと》つけよっかな。どうせすぐ消えるし」

つぶやきが皮膚をくすぐったかと思うと、すぐにちくりとした疼《うず》きが計の背に散る。

「んっ！」

ひとつ、ふたつ、やわらかな感触が密着し、吸い上げる。同時に身体の前側では硬くて器用な指が最初から色づいている尖《とが》りをまさぐってくりくりといじめた。刺激に反応してちいさいなりに腫《は》れてみせると、指の腹で弾くように弄《もてあそ》ばれる。

「あ……あっ」

甘痛い性感に前後から挟み打ちされて声を上げた。目の前の缶は、うろこみたいな水滴をまとっている。最初はもっと細かい粒だったのに。計と同じに、どんどん溶けていく。

潮は身体を離すとてんてんと唇で印されたところを指でたどる。そこにどんな痕がつけられたのか計には分からないが、見下ろす潮が興奮しているのは伝わってくる。自分の肉体に興奮されていることに計も興奮し、それもまた潮に伝播《でんぱ》する。こだまし合う欲望。言葉でも眼差しでもなく、ふたりだけが受信できる周波数で。

ベルトを外され、膝まで下肢《かし》をむき出しにされる頃にはもう期待していた。

「あっ……、ん」

ゆるく頭をもたげた性器が、潮の手で与えられる快感を。

「あ、ぁ、やっ」

ぴったり包まれ、上へ上へと硬直を促す動きで扱《しご》かれる。潮の指はしなやかな蔓《つる》に変わったように感じられた。計の発情を余さず搦《から》め取《と》って悪い毒をそそいでくる。くったり痺《しび》れて手も足も出なくなるのは、きっとそのせいだ。

「んん、あ、あ……っ」

昂ぶりは血液と衝動を孕《はら》んでどんどん重たく膨張《ぼうちょう》するのに、ちっとも角度を下げないのがふしぎだった。裏側の継ぎ目をさらしてしなり、感じやすい箇所《かしょ》への施《ほどこ》しをねだる。

「……背中、うっすら赤くなってきた」

空いた手で、なだらかなカーブをなぞって言う。蓄熱《ちくねつ》がうすい皮膚を透かしているのだろう。

「せっかく痕つけたのに、目立たねえな。残念」

「知るか……っ」

「もっと思いきり吸えばよかった」

頭部やくびれを指の輪でいじり回し、性器を徐々に追い上げていく。

「痣《あざ》になるぐらい」

「やだっ」

「何で。俺しか見ないだろ?」

「痛そうだからやだ」

「……て言われたらやりたくなるような」

肩甲骨《けんこうこつ》のすこし下に、軽く爪を立てられた。

「や!」

「冗談だって」

かすかに怯えた肌が、苦笑混じりの声でまたほっと弛緩《しかん》する。そのタイミングで舐《な》め上げられると、どうかしてるというくらいぞくぞく感じてしまった。

「あぁっ!」

「……気持ちいいのが好きなんだもんな、お前」

誰だってそうだろと思ったが、じわじわ濡れ出した先端を指先でぬめらかにこすられたから舌まで粘液《ねんえき》に浸《ひた》されたようにうまくしゃべれなくなる。アナウンサーなのに。

鼻にかかった、媚《こ》びと甘えをたっぷり含んだ喘《あえ》ぎでもっとと行為を誘うばかりだ。

「あっ、ん、やぁ、あ……っ」

「こういうのとか」

ぎゅっと握り込まれ、露出しきった鈴口《すずくち》を筒《つつ》状の摩擦で刺激される。密着して、自分の腺液《せんえき》で音が立つほどぬるついて、それは潮の手とセックスしているのと変わらなかった。

「やっ、ああ、んんっ」

どんどん速くきつくこすられて、性器の感覚だけがどんどん鋭敏《えいびん》になり、呼吸は短く刻まれていく。

「好きだろ?」

「ん、すき、あ、あ、あっ……!」

指の圧がほどけた。それでももう奔《はし》り出していたから問題はなかった。先孔《せんこう》を抜かりなく覆った手のひらにびゅくびゅく射精した。

いつの間にか、銀色の金属の膚《はだ》に、水の細い流れが幾筋もできていた。微妙な空気の対流によるものか、目に見えないおうとつがあるのか、それらは決してまっすぐではない。いびつさがなまめかしかった。

すっかり脱力した計は膝を折ってへたり込みそうになったが、後ろにつめたく粘《ねば》ったものをすりつけられ、腰を立てるよう促された。

「ちゃっかり持ってきてるし……」

「連れ込みっつったじゃん」

ローションを垂らした指は、けれどそれを使うための内部に分け入ってこず、小さな口に透明の膜を押しつけ、傷痕みたいな会陰《えいん》のラインを往復するばかりだった。

「ん……っ」

性交の快楽を覚えているそこはじきにもの足りなくなり、うずうず勝手に収縮する。ふちをぐるりとなぞられると、見えない欲望の糸に奥から引かれてきゅうっと締まった。狭い孔《あな》が空白を抱いて悶《もだ》えている。

「やだ……っ、潮」

「ん?」

「何で……」

「痛いかもしんないと思って」

焦燥をあやすように指の腹ですりすりこすられ（逆効果なのに）、もどかしくて腰を揺らした。

「いやだろ？」

「や……」

「ほら」

「ちがう、ばか」

痛くないし痛くないようにしてくれるし、痛くたって、いい。

「い、意地の悪いことすんなって、こないだ言っただろーが……っ」

「そうだった」

潮は耳の後ろに鼻先を突っ込み「かわいくてつい」と迷惑極まりないうえに信用しきれない言い訳をぬかす。

「こんなことばっかしてたら、嫌いになる？」

「すでに不支持率のほうが高い……」

「まじで？」

「あ……！」

爪の長さくらい、がようやっと体内に潜《もぐ》ってきた。浅い場所でうごめかれればもっとふかいところが疼く。

「でも、ここは俺のこと好きみたい」

「よく言う……っ」

「何が」

「お前が、そういうふうにしたくせに……」

ここで感じる身体、ここで性器をしゃぶる身体、ここで昇り詰める身体に。

「いや?」

「——じゃない、から、」

早くもっと、熟《う》れた深層に触れてほしい。潮しか知らないところ。

「っんん……!」

ローションでぬかるんだ指にずるりと滑《すべ》り込《こ》まれるのは、細長い舌を突っ込まれるみたいだった。

「あ……っ、あぁ、っん」

腹のなかで焦《こ》げつきそうな欲情は、また計の性器を硬くさせる。

「奥のほうまでやらかいな」

だってもう、指じゃないものを挿《い》れてほしいと思っている。でも交合《こうごう》するための馴致《じゅんち》にはまだ不十分で、先んじてとろけた粘膜を持て余して計は悶えることになる。潮がじれったいまねをするから。

「も、ほんと、ばかっ……」

「今支持率どんくらい?」

お預けを強《し》いている自覚ぐらいはあるのか、内側の従順と柔軟を呼び覚ます箇所を的確に突いて指を増やしながら潮は尋ねた。こうして最短ルートをたどられるのも、それはそれで気持ちよさが忙しく、つらい。受け止めきれないままどんどん乗算《じょうさん》されていくのは。

「あぁ、っや……あ、あっ——ご、てん、ご……パーセント……っ」

というのは、ずっと目の前にある缶のアルコール度数を読んだだけだ。

「低いな、終わってんな俺」

二本の指でうごめきの間をぐっと広げ、その間で別の指をぬちゃぬちゃ抜き挿《さ》しする。基本的に照明の控えめなホテルの一室だけど、異物を啜《すす》って呼吸するさまははっきり見えているだろう。

「や、だめ」

「挽回《ばんかい》しないと」

全身で欲しがっている熱の先端がようやく押し当てられたと思うと、恥ずかしいほど無抵抗に計の内側へと挿《はい》ってしまう。潮の目には、吞まれたように映ったかもしれない。

「ああ、あぁっ！」

男の身体のいちばん切実なパーツを、奥へ奥へ引きずり込もうとする内臓のあられもない誘《ゆう》引《いん》。ぴったりと収まりきったのを頭は分かっているのに、満ち引きをやめない。その都度蓄《たくわ》えられる快楽は、もちろん性器にもふるえを伴《ともな》い伝わる。

「す、げーな、いろんなもんが持ってかれそ」

「あ……っ、や、あぁ、っん」

何回かの、様子見の律動でやすやすと馴染んだ結合部を、繰り返し揺さぶられる。こしらえのいい大きなソファはきしみも立てず、ただもったりと荷重《かじゅう》に沈む。そのぶんローションがかき混ぜられる音、潮の荒い呼吸がはっきり聞こえた。

怒った動物めいた息遣いが、律動と同じリズムで耳を犯す。計が穿《うが》たれて上げる声を、潮は獲物のひそやかな悲鳴と錯覚するだろうか。捕食者だけに聞く権利がある。

「は……っ」

「あっ、ん、ぅ、あぁ……っ」

みなぎった興奮が突き回す先から、計はどんどんやわらかく溶かされていく。じわじわ快感に侵食《しんしょく》され、臓器も筋肉も残らずぐずぐずに煮えてしまって構わない。強弱で、浅深《せんしん》で翻弄《ほんろう》されながら、どんどん階段を上っていく。下りの行程はなくて、てっぺんの一歩先は真っ逆さまに落ちていくのみの道行き、頂点への期待で頭を占められていくことへのおそれさえ、過敏な種の埋《う》まったポイントを抉《えぐ》られてたちまち蒸発する。

「んん——あ、潮、潮……っ」

缶の底には、ぬるい水と化してしまった冷気が浅い溜まりをつくっている。このまま交わっていたら、揮発《きはつ》した欲情で湯になったりはしないだろうか。そんな妄想がよぎるほど、つながっているところもいないところも、じりじり熱い。神経のチャンネルがいかれたように、生々しい快楽と体温だけが身体も心も甘ったるく苛《さいな》んだ。

「や、っ、あぁ」

再び充塡《じゅうてん》された昂ぶりに触れられ、二重に翻弄される性感が、計の背骨の中までもみくちゃにしてしまう。

「あっ、あ、潮、っ」

「っん――」

「ああ、あ、っや、あ……！」

放出されたものは勢いがありながらねっとり濃密で、内腑《ないふ》はそれさえ嬉しそうにひくひく吸った。弾ける寸前の獰猛《どうもう》な膨張に貫《つらぬ》かれた計も、潮の手の中に二度目の射精をする。

「計……」

ぐい、と強引に上体をねじらされ、交合したまま唇をも交わす。互いに酸素が不足なのでついばみ合っては息を継ぐ、落ち着きのないキスだった。

首を巡らせた拍子《ひょうし》に、最中は意識しなかった窓が視界に入る。そして、潮の顔もちらりとガラス面を掠《かす》めた。

とても暗い淀《よど》みが、その目を蝕《むしば》んでいた気がした。一瞬、汗が冷えてうすく凍りついたような寒気を覚える。光を吸い込んで、何も反射しない炭のような黒。でも、ものの数秒だったし、夜を透かしていたせいかもしれない。

何だろう、と思ったが、くちづけがふかくなり、そしてくわえたままの性器に確かな芯が通ってくるのを感じると、瑣末《さまつ》な疑問を抱いていられなくなった。


ベッドの中で、とろとろ眠りに落ちかけながら潮のつぶやきを聞いていた。

「次は、あの宇宙人の続きつくりたいんだ」

――うちのオープニングの？

「そう」

眠気のせいでちゃんと返事できているかも分からなかったが、潮が相づちを打ったので一応言葉になっているらしい。ああでもこれも夢かもしれない。続きって、仕事としてやるんならキャラクターの権利関係ってどうなってんの……駄目だ、ややこしい話は抜き。

――どんな？

「旅をして、新しく住む星を見つける」

――どんな？

「これから考える。お前だったらどんなとこがいい？」

――……うし……まぐろ……。

「分かった、参考にする」

まじでか、と声になったのかどうなのか。現実から夢へ、あるいは浅い夢から深い夢へと計の意識は滑落《かつらく》していく。


「――うん。もう行く。夕方までにはそっち着くから……いや、いらない」

寝起きに聞いたのもやっぱり潮の声だった。いつもと違う枕の感触にあれ、と身じろぐ……。ああそっか、泊まったんだっけ。もぞもぞしていると「起きた?」と声がかかる。

「んー……」

「朝めし、運んでもらってるぞ」

現金にもその言葉でぱちっと目を開け、身体を起こす。潮はもう服を着て、きっちり身支度を整えていた。

「部屋は二時まで使えるし、鍵は、地下の駐車場んとこにボックスあるから入れといて。精算は俺がしとく」

白いテーブルクロスのかかったルームサービスのワゴンをいそいそ拝見する。磨《みが》き込《こ》まれた銀色のクロッシェを取るとオムレツとベーコン、バスケットにはパン数種、それにヨーグルトと果物も。申し分のないアメリカンブレックファースト、ただしおひとりさまぶん、だった。

「……お前のは？」

「急ぎの仕事入って、もう行かなきゃ」

さっきの電話の相手だろうか。撮影か編集のヘルプでも要請されたのかもしれない。

「しばらくこもってくる」

「家？」

「いや、外」

「しばらくってどんくらい？」

「先方次第かな。また連絡する。んじゃ、行ってきます」

何だよ、ぶらぶらしてたかと思えば突然いそいそと。まあ、やる気になったんならいいのか。

テレビをつけ、ポットから熱いコーヒーを注《つ》いで席につく。

宇宙人の続き、って果たして現実の会話だったのか、潮に確かめるのを忘れていた。まあいいか、大した話じゃないし、戻ってきてからで。ホイップクリームみたいにやわらかなバターをトーストに塗ると、たちまちじゅわりと溶けていった。

潮《うしお》が抜き打ち参観に現れてからちょうど一週間が経った。アナ部の席を立って夜の打ち合わせに向かうと、竜起《たつき》が「国江田《くにえだ》さん」と追いついてくる。

「都築《つづき》さんて、携帯壊れるかして変えました？」

「え？」

「連絡先変わったんなら俺にも教えて！　って言っといてくださいよー、もー案外薄情だな～」

「……え？」

何言ってんのこいつ、と立ち止まって見返すと、たぶん計《けい》と同じぐらいには向こうもきょとんとしていた。

「前飲んだ時、今度大阪で野球やろうって話したんすよ。そんで、面子《メンツ》集めて日程決める段階になったんで、いつ頃がいいか訊こうと思ったら――」

ほら、と携帯を取り出してＬＩＮＥの画面を開く。そこには確かに「メンバーがいません」とあった。

「あれーって思って、携帯番号にメッセージ送ったらそれも届かないしで……え、国江田さん、何も知らないんすか？」

「いや――仕事でこもるって言ってたから、連絡取ってなくて」

どこかのスタジオに泊まり込みで作業をすることはこれまでにもたまにあって、基本的に計からは連絡を取らないようにしていた。だから最後にＬＩＮＥしたのは先週、最後に会ったのも先週で、「行ってきます」と部屋を出て行った潮にどこもおかしなようすはなくて。

「……先輩、とりあえずエレベーター乗りましょ」

静かな動揺を見て取ったか、竜起は密室に計を誘導してから「国江田さんのＬＩＮＥの画面は？」と尋ねた。

「きょうは仕事用のしか持ってきてない」

「まあ、まじで水没か何かさせて、気分一新かもしれないですしね。実は番号覚えにくくて気に入らなかったとか」

そう、それで、仕事が片づいたら連絡しようと思っている、そんな単純な話なのかもしれない。しれっと向こうから電話してきて、計が文句を言ったら「また心配かけちゃった？」ってからかわれて一件落着的な。

「別れたいにしても、黙って連絡手段絶《た》つような卑怯《ひきょう》なタイプじゃないですもんね」

「縁起《えんぎ》でもねーこと言うな！」

「え、俺は先輩を安心させようとして」

「逆効果！」

冗談じゃない、そんな兆《きざ》しなんてなかった。何だ、牛とまぐろが不満だったのか？　でも寝入りばなにファンタスティックなおとぎ話なんて思いつかねーよ。

まったく気持ちを整理できないうちにエレベーターが到着し、開いた扉の向こうに潮が——

いるはずもなく、代わりというにはあんまりすぎる頑固《がんこ》じじいが待ち構えていた。

「わっ……」

平常心を失っているところへもっての不意打ち、不覚にもちいさく叫ぶと「失礼なやつだな」と江波《えば》は顔をしかめた。アホか俺の繊細《せんさい》な心臓に配慮しろ。

「江波じい、きょうも収録すか？」

「それもあるが、ちょっと訊きたいことがあったんでな、ここで張っとった」

「社内放送で呼べばいいのに」

「個人的な用事のために人さまの手を煩《わずら》わせちゃいかん」

「訊きたいことって、僕にですか？　選挙のお話なら以前お答えしたとおりなんですが」

しつこいじじいだな、今それどころじゃねえんだよと辟易《へきえき》しつつ極力穏やかに答えた。しかし江波は「違う」とかぶりを振る。それ以外の用件なんて見当もつかないんだけど。

「いや、厳密には違わんのか――先週、お前と一緒にいたのは、若宮《わかみや》んとこのせがれじゃないのか」

「は？」

「だから、お前がちゃっかりパイプを作ってて準備しとるもんかと思ったんだが」

「都築さんのことですか？」

あ然とする計に代わって竜起が答えた。

「都築？」

「先週いたにーさんならそうですよ。若宮って名前じゃないんで人違いじゃないすか」

「そうか」

そうだ、人違いに決まってる。潮の口からそんな名前、聞いたことない。でも計の心臓はどくどく不穏に鳴っていた。

若宮誉《ほまれ》。一度だけ会ったあの男。視線が合った時、どうしてあんなに肝《きも》が冷えたのか、やっと気づいた。

潮に似ていたからだ。潮に、ひとつも温かな感情のない眼差しを向けられたようで怖かったのだ。

そもそも、あの催《もよお》しにどうして計が駆り出されたのか。国会議員の中でもそれなりの立ち位置にいる人間が本当に「ちょっと通りかかってご挨拶《あいさつ》に」なんてことがありえるのか。必死で自分を落ち着かせながら計は江波に質問した。

「若宮先生とは親しい間柄なんですか？」

「うーん……まあ、あいつの親父だな。昔はよく朝まで赤坂で騒いだもんだ。だからせがれちゅうか、せがれのせがれって感じだな。向こうも俺に気づいて避けたような気がして、間違いないと思ったんだが——ま、長い間見とらんし、もうろくしたってことだな。人の顔と名前覚えるのが仕事なのに」

「長い間って、どのくらいでしょうか」

「若宮のかみさんの葬式以来だから、もう十年以上になるな。まだ中学生かそこらだっただろう、母親の遺影《いえい》抱えて、泣きもせずぽつんと立ってた姿が忘れられんのよ。ただでさえあそこの家は、むごいことが多くて……」

老人は柄にもなくしんみりと声を沈ませ、「手間かけたな」と去って行った。

竜起が肘《ひじ》で軽く計をつつき、まだ誰もいないスタジオを指差した。そして中に入るとすぐさま「若宮先生って?」と尋ねる。

「若宮誉だよ、名前ぐらい知ってんだろ」

「政治家の? え、それが都築さんのとーちゃん?」

竜起はすこし黙り、なぜか優しく肩を叩いてきた。

「ドンマイ……」

「何でだ!」

「身分違いの恋って大変そうだから」

「てめー国江田家ディスってんのか」

「え、何かいいおうち?」

「由緒《ゆいしょ》正しい庶民だよ! てか、決まったわけじゃねーし。仮にそうだとしたら政治家のぼんぼんとかくそ生意気な……若宮って名字もおしゃれで生意気だし……」

「あの、おつき合いされてますよね？」

「都築」が偽名……はないだろう、だって同じ姓の「ばーちゃん」から手紙が来ていた。となるとあっちが母方で、いや祖母という言い分を裏づけるものもないわけで……考え出したらきりがない。

「決まってないわけでもないんすか」

やや呆れ顔で竜起が言った。

「普通、何年もつき合ってたら家族構成とか実家の話しません？　あ、国江田さん普通じゃないか」

「うっせー」

気にかかったことは、そりゃあるけど、この先手順を踏んで結婚するわけじゃなし、計と潮の関係は計と潮だけのものだ。「外」の世界を持ち込まれたくない、見せないでほしい、と望んでいたのはむしろ計のほうだった。だから、潮の交友関係を何ひとつ具体的に知らないし、仕事でどこに出かけていて、こんな時どこに問い合わせればいいのか、まったく心当たりがない。何があってどこへ行こうが、潮は計を選んで計の帰るところで待っていてくれるはずだったから。

今だって、そうに決まっている。

「——……あ、そういえば……」

竜起がふと洩らす。

「何だ」

「や、関係ないかもしれないんすけど、こないだ……先々週ぐらい？　ちょっと飲んだ時、都築さんから『国江田さん最近どう？』って訊かれたの思い出して」

「どうって……お前何て答えた？」

「皆に心開いてきたかな？　みたいな？」

「おい」

ぐっと竜起の胸倉を摑んだ。

「勝手なことほざいてんじゃねーぞ。開いてねーわ」

「いやだって俺の印象ですし」

「それで、あいつは？」

「別に。そっか、で終わりでしたけど」

何なんだ、意味不明。真意を問いたくても本人はいなくて音信不通の疑い、というこのもどかしさ。分からない、と思えば、今までいったいどれくらい潮のことを分かっていただろうか、と不安になる。すべてさらけ出していたとは思わないし望まないけど、十分明快に言葉にしてくれていて、自分たちはうまくいっていた。それは計のひとりよがりだったのだろうか。ありがとう、という言葉が嘘じゃないと思うこととか。

オンエアが終わるとすぐさまスタジオを飛び出し、衣装をかつてない雑さでハンガーにかけてB1に降りた。この後急ぎの仕事が、とか言い訳をする心の余裕もなかった。まず自宅に戻って携帯を確認、それから、合鍵を持って潮の家に行ってみる。家探《やさが》しなんかしてただの勘違いだったら——いや、勘違いさせるお前が悪いってことで、逆ギレで押し通そう、そうしよう、と計はタクシーの中で算段した。

きょうばかりは、張り込みを気にしている余裕もない。マンションに駆け込むとエレベーターのボタンを連打、乗っている間も足踏みしてようやくたどり着いた自宅のドアに鍵を挿《さ》し、回す。

立ちすくんだ。明かりがついている。玄関に潮のスニーカー。前にもあったな、この光景。あの時は計がパンク寸前で、顔を見れば八つ当たりするのが分かっていたから嬉しくなかった。今は全然状況が違う。やきもきしてたら向こうから会いに来た、きっと仕事が終わったんだろう。よかった。

なのに、どうしてすこしも明るい気持ちになれないんだろう。靴を脱いで、ドアを開けてリビングにいる潮に「ただいま」と言えばいつもどおりの日常が手に入るはずなのに、計は動けなかった。心臓も胃も肺も、小刻みに揺れている気がした。何か、何か悪いことが起こるんじゃないかって。潮が近づいてきて、ふたりを隔《へだ》てる扉を開けたら、何かが。

「――おかえり」

潮が扉を開けた。

計は「ただいま」を言えなかった。

「若宮誉」

と口に出した。潮の顔が曇《くも》る。それで、江波が正しかったと分かった。都築潮は、若宮潮。

「江波じいが、お前のこと気にしてた」

「……ああ」

潮は「すげーな」と嘆息《たんそく》する。

「ひやっとしたんだけど、会ったの大昔だし、ばれないだろって思ってた。お袋の通夜《つや》ん時、焼香《しょうこう》した後、いきなり俺の前来て、頭ぐりぐりーって撫でてくれたの覚えてる。びっくりしたけど、嬉しかったな」

分からないことだらけで、却《かえ》って何から尋ねればいいのか、ただ見えないでかい風船が頭上でむくむく膨《ふく》らんでいる。バラエティでやってるやつ。正解を出さないと弾《はじ》けてしまう、でも正解って何だ、という正体のない焦りばかりが育つ。

「俺のお袋、中三の冬に死んだんだけど――」

と潮が話し出したと思えば「あー、違うな」と眉根を寄せてこめかみをぼりぼりかいた。潮の頭もだいぶ未整理らしい。

「自分のことを順序立ててしゃべんのって難しいな……俺の親父は政治家で、お袋は『政治家の妻』で、ふたりともあんま『親』って感じじゃなかった。親父なんか会話した記憶もすくなくて……いちばんよく覚えてるのは、小一の夏休みに描いた絵が賞もらって、たまたま親父が家にいたから見せに行ったら、『潮、そういうことはしなくていい』ってものすごく冷静に言われたんだ」

指先は、記憶を呼び覚ますようにこめかみを小刻みに叩いていた。

「へたくそだなとか、今忙しいから邪魔するなとかならまだ理解できたと思う。父さん機嫌悪いんだなって。でも『そういうこと』って何だ？って思って。絵を描くな？　見せに来るな？親子っぽいコミュニケーション取ろうとするな？　……今でも分からんけど」

「……かーちゃんのほうは？」

「んー、すべての主語が『お父さん』だった。そんなことしたらお父さんが恥をかく、あんなことができたらお父さんが嬉しい……いっぺん、母さんはどう思ってんだよ、って訊いたことあるけど、怪訝《けげん》な顔してたな。本当に、質問の意味が分かんなかったんだと思う。全力で政治家の妻なんだなっていうのは、子ども心にも思ってた。選挙のたんび本人より目の色変えて、来る日も来る日も挨拶回りとか、後援会の人たちに山ほどおにぎり握って持ってくとか、ああすげえなって感じ」

最後の言葉は、やけに他人行儀というか、それこそテレビを見た感想みたいな距離があった。当人も気づいたのか「うまく言えねえな」とかぶりを振る。

「両親ともすげえ頑張ってて真剣で、そのおかげで広い実家とか、俺が通ってたお高い学校とか、自分の生活が成り立ってんだなっていうのは分かってた。道歩いてたらいきなりお父さまによろしくとか、この間一緒に写真撮ってもらったとか話しかけられるしさ。だから、まあ、尊敬の念みたいなのは自分なりにあった。うちにはひっきりなしに人が来るし、お手伝いさんもいて、親父の秘書もいて、親に構われなくても寂しくはなかったし。ただ、どんなに立派でも、親父と同じ仕事には就《つ》きたくないってはっきり思ってた。反発じゃなく、単純に興味なかったからだけど」

勉強が嫌いで、教科書の隅にぱらぱらマンガ描いてた、と潮は話していた。裕福でも、名の通った政治家一家の暮らしがきゅうくつだったことは想像に難《かた》くない。

「中三の冬、年明けすぐ解散で、あっという間に選挙期間になって、ああまたうちが戦場になんのか、って思ってたら、お袋が倒れて死んだ」

たぶん、その当時の潮が感じていた呆気《あっけ》なさそのままの言い方だった。

「雪ん中動き回ってたせいで、風邪こじらせて肺炎になった。無理してたんだろうな、寒い年だったし、逆風の選挙だったしで。楽に勝てる選挙なんてないっていうのが、親父の秘書の口ぐせだったけど……で、妊娠してた。弟と妹、どっちだったんだろうな」

生まれてくるはずだった、新しい家族。母親がもっと身体を労《いた》わっていれば？　あの冬選挙なんて行われなければ？　政治家の家じゃなければ？　潮がどう思っているのか、計には分からなかった。

「ガキだったからさ、母さん死んだのに選挙なんてやってる場合じゃないだろ、って漠然と思ってた。自分が忌引《きび》きで学校休むみたいな感覚で。でも違うんだな。通夜ん時、誰かがぼやいてた。『このくそ忙しい時にやめてほしい』、『でも若宮くんはこれでもらったようなもんだ』、『弔《とむら》い合戦がいちばん票が獲《と》れる』――……そんな顔すんなよ」

と言われて、自分が顔を歪《ゆが》ませていたのに気づいた。

「今でも、ふしぎと腹立たないんだよ。知らないおっさんたちが、『俺もいざとなったら女房に死んでもらうか』って笑ってたのも、自分じゃない誰かの夢ん中覗いてるみたいで。でも何でだろうな、選挙に勝って、親父が墓参りしてる写真が新聞に載った時……きれーな写真だったよ、雪景色で、真っ白で、きれいで。……だから、許せなかった」

潮の目に、初めてはっきりとした怒りが宿る。

「お袋が死んだ後でもこうやって徹底的に利用するやり方が汚ねえと思った。墓参りする間ぐらいついてくるなって言えばすむ話を、わざわざ写真撮らせて記事書かせてさ。生まれて初めて親父に食ってかかったけど、相手にもされなくて、ぶん殴られて引っくり返ってる間、ぼんやりお袋のこと考えた。俺はむかついたけど、母さん怒ったり悲しんだりしてるかな？って。

……絶対ノーだよ。嫌いな言葉だけど、本望ってやつ」

潮の手は、ずっとぎゅっと握り締められていた。そんなに力を込めたら割れてしまう、計の頭上の風船が。でもどんな言葉や行いでほどけるのか、それも分からないのだった。

「俺、そん時、初めて寂しいって思った」

潮は言った。

「寂しい、ここは俺がいるところじゃないって。だから、中学卒業してすぐ家出た。その後は、ばあちゃんに助けてもらいながらあちこちでバイトして、高卒資格取れる専門行って、二十歳になった時はほっとした。これでもう誰にも頼らずにすむ。それで、何とか仕事一本で食ってけるようになって——今に至る」

今、そう、計と出会って、こうしている今。今とこれからの潮がいればいい。過去の潮とは話せないし触れられない。

「……昔の話だろ」

「うん」

「今に至る、おしまい、だよな?」

今度は「うん」と返ってこなかった。

「お前の出馬《しゅつば》の噂が出た時、いやな予感がした。でもそういうこともあるだろって考えないようにしてた。仕事のキャンセルが続いた時も、たまたまのタイミングだって……お前が司会した仕事で国会議員来たって聞いて、旭《あさひ》テレビのサイトあちこち見たら親父の名前が出てきた。ああ、もう、偶然じゃないんだって、向き合うしかなかった。中三以来だよ、親父の秘書に会ったの」

「……それで？」

「最終的に継がせたいらしいよ、これまでの人生の半分放ったらかしてた息子にでも。ほんと何考えてんだか」

捨《す》て鉢《ばち》に吐き出した笑いの中には、さっきみたいな怒りがなかった。理不尽と対峙《たいじ》するためのエネルギーが、今の潮の中に存在しない。

「継がないよな」

それが怖くて、計は大きな声で言った。

「継がないよな。無視ってりゃいいじゃん」

潮の答えは「分かんねえ」だった。

「きょうあす政治家になれって言われてるわけじゃねえ、先のことは……でも、実家には帰る、てかもう帰ってる。この一週間でとりあえずあちこちに休業の連絡入れて——ひとつだけ確実なのは、何かしら決着つけねえと、家の問題はどこまでも俺についてくる。今まで絶縁したつもりになってたのが甘かったんだ」

「ＬＩＮＥ消して？　電話番号変えて？　消える気満々じゃん」

十年以上もお前がひとりで頑張ってつくってきた居場所だろ。俺が家でぬくぬくして、寂しいとか寂しくないとか考えもしなかった時にだって。潮はうんともすんとも言わず、遠くの国の戦争みたいな、とにかく自分と無関係の出来事を悼《いた》むような眼差しで計を見返すだけだった。やってらんねえとか俺どうしようとか、こんな時にもぶちまけられないんだと思った。

計はそれがやりきれないから、いちばん知りたくて、いちばん知るのが怖い核心に触れてしまう。

「……俺のせい？」

潮本人じゃなくて、計の周囲にプレッシャーをかけてきた。それは、潮と計の関係をある程度――あるいはすべて――把握しているからに決まっている。人に見せる用の顔があるのは自分、人に知られてまずい顔があるのも自分。

いつだって、自分を守ってくれたのは潮。

「違う」

「嘘つけ」

何て言えばいい、どうやって潮を引き止めたらいい。潮が今まで計にくれた魔法を、計だって使いたい。

「行くな」

潮の手首をぎゅっと握った。帰る、という言葉を使いたくなかった。

「行くなよ、ほっとけばいいだろ、俺ならまだしもお前に政治家なんか似合わねーよ」

「俺もまじそう思ってる」

潮はやわらかに目を細める。今その顔じゃねえだろ。

「行くなってば」

「そうしたいのは山々なんだけど、俺、お前にだけは迷惑かけたくねーの。何百回も考えたけど、それはやっぱ無理だ」

「何で⁉」

計は叫んだ。

「俺はお前にだけはどんな迷惑もかけるつもりですけど？」

「迷惑の質が違いすぎる、分かるだろ」

「分かんねえよ！」

だって、分かっちゃったらおしまいだろう。

「お前のくそ親父がどんなネタ握ってようが知るか、ばらまきたきゃばらまけ、そんなんだったらアナウンサーなんて辞めてやる、皆すぐ俺のことなんか忘れる、それでいいじゃん！」

どこかで笑って暮らそう、誰にも邪魔されないどこかで。旅して新しい星を見つける、って、そういう意味だったんじゃないのか？　続きはあるんだろ、これで終わりじゃないんだろ。背中を向けて眠れない夜も、交わっているのに暗い目をした夜も、これからはちゃんと気づくから。

　これからがあるだろ？

「駄目だ」

「何でだよ、お前差し出して、それでも知らん顔でテレビ出られりゃ俺が喜ぶとでも思ってんの⁉」

「思わない」

「だったら――」

　摑んでいた手を振りほどかれ、逆に強く抱きすくめられた。潮の体温、潮のにおい、潮のふるえがすぐ傍にある。

「思わない、だからお前のせいじゃない。俺のわがままだよ。……テレビに出てるお前を、ずっと見てたい。二度と表に出られないかたちでアナウンサー辞めさせるような羽目になったら、俺は一生自分を許せないし、どっちにしてもお前に合わせる顔はなくなる」

「なんで」

「国江田さんが好きだから。こないだ、スタジオに押しかけて見てた時もすげーな、かっけーな、ってそればっか思ってた。お前は今でも『できちゃうだけで好きじゃない』って思ってるかも知んないけど、絶対違う、好きじゃないことも含めて好きなんだよ。だからあんなに生き生きしてんだ。アナウンサーとしてのお前に傷をつけるわけにいかない」

「俺がテレビ出んのやだって言ってただろ、昔」

「うん、ぶっちゃけ今でも悔しい。でも嬉しいんだよ、俺が惚れた国江田計はすげえやつだって。どんな責任からもプレッシャーからも逃げない」

「そんなの」

潮の肩口に噛みつきたいほどの焦燥《しょうそう》をこらえて絞り出す。

「お前がいたからだろ……初日も、中継した時も、そうだっただろ……お前がいてくれるから、何でもできる、何でも頑張れるって……ひとりじゃできないよ……」

みっともない駄々でも泣き落としでもいい、とにかく潮の気持ちを変えたかった。そうだ、いっそ泣いてやれ。わんわん泣いて困らせて後ろ髪引きまくってここから動けなくさせてやれ。なのに、何でこんな時に限って涙一滴も出ねえんだよ。

「できるよ」

潮は優しい声でひどい台詞《セリフ》を口にする。

「お前は強いから、何でもできる。お前が本気出したら誰にも負けねえ」

「できないってば」

「弱かったのは、俺のほうだ。お前に支えられて守られてた。俺に居場所をくれてたのは、計だから」

「いやだ」

「へんなことに巻き込んで悪かった」

「そんな話してねえだろ」

「ありがとう」

「潮！」

息が詰まるほど、声が出ないほど、抱き締められた。

「……大丈夫、また会いに来る。それまでは、テレビでずっと見てるから」

若宮潮として？　くだらねえセレモニーの壇上でおめかししたお前と遭遇しちゃったりすんの？

「ありがとうな、計、大好きだ」

だからもう行かなきゃ、とささやかれた瞬間、頭上の風船が音もなく破裂した。


携帯のアラームで我に返った。昼下がり、いつもの起きる時間。コートも脱がずソファに座っていて、寝ていたのか単に放心していたのか、それすらも判然としない。

ああ、昼。もう昼。会社行かなきゃ。ふらりと立ち上がるとコートのポケットにかすかな違和感があったので、手を突っ込む。つめたくて硬い、鍵だった。潮が持っていた、計の家の合鍵。拳《こぶし》の中にずっと握っていたのを、いつの間にかポケットに落とし込んで出て行ったのだろう。手のひらでちゃりちゃり鳴らしてみる。呆気ないほど軽い。たった数時間前の話なのに、記憶は磨《す》りガラスの向こうでぼやけていた。それでいて、あんま現実見たくねーんだろな、と冷静な分析をしていたりする。

シャワーを浴び、ざっと午前中のニュースをチェックして、落とし卵を入れたインスタントみそ汁をご飯にかけて食べる。身支度をし、普段と同じ時間に家を出る。一連の動きに迷いがないのは、スケジュールの決まった帯番組についているおかげかもしれない。

玄関にはちゃんと鍵がかかっていて、潮にできたはずがないから、自分で施錠《せじょう》したに違いない。案外しっかりしてる。でもその間の記憶は真っ白だった。シューズボックスの扉裏のキーフックには潮の家の合鍵がぶら下がったままで、返すんなら回収しとけ、と心の中で毒づき、潮にもそんな余裕はなかったのかもしれないと思うと、初めてはっきり胸が痛んだ。鍵を引っつかんで駆け出す。吐いた息で線が描けそうなぐらい、外は寒かった。短い陽はもうほんのりべっこうに翳《かげ》り始めてすこしも計を暖めてくれない。

せめて雪が降りませんように。潮は雪が嫌いだから。手のひらに金属のでこぼこが刺さるほど鍵を握り締め、子どものお使いみたいに潮の家へと向かう。もしまだいたら、ゆうべの別れを繰り返すだけだろうか？　いなかったらどうしたいのだろうか？　もの分かりよく私物——

着替え程度だけど——を引き揚げ、この鍵をポストにでも落としてくればいいのか。

自分の身に起こっていることくらい、理解している。でも頭の中では潮が笑うのだ。パソコンの前で、作業をしながら、あるいは台所仕事や洗濯をしながら、「よう」って。

——そんなに急いで後ろ脚で走って、どうしたんだよ。

——悪い夢、見てた。

——牛とまぐろ食えない夢？

——うん。

——そりゃ大変だ。

潮みたいに、頭の中のものをかたちにできればいい。飴《あめ》を練り上げるように現実にできたら、そこにずっと住めたらいいのに。ふたりだけの箱庭。誰も何もいらない。

走って、潮の家の前にたどり着いた。

だけどそこはもう、正確には「潮の家だった場所」、だった。

天井の高い一階、大きなシャッターとその上にちょこんと載った二階、機械油っぽいしみや、鳥の巣の跡まで思い描けるのに、記憶ごと剝《は》ぎ取られたような四角い更地《さらち》が、左右の建物の間で空白のマスになっていた。看板もフェンスもなく、乾ききった土と石ころばかりの、十年も二十年も前からそんな姿だったような土地。ここで過ごした日々が幻だったんだよと言いたげな。

自分のつむじを中心にして、頭上で空がぐるぐる渦《うず》を描く。目が回る。倒れはしなかったが、手からこぼれ落ちた鍵を拾えなかった。

ここまですんのか。いやさせられたのか。機材やパソコンやソファは？　椅子やテーブル、鍋、フライパン、エスプレッソメーカーは？　どこかに避難させたんなら、俺もそこにしまってくれたらいいじゃんか。

そしたら、お前が会いに来てくれるまで、一緒に眠ってられるのに。

再び意識の断線があって、気づいた時には電車のシートに座っていた。いつも通勤に使う路線で、携帯で日時を確かめたら家を出てから小一時間も経っていない。ということは短い茫然自失を経《へ》て、いつもの足取りで駅に行き、いつもの電車に乗ったのだろう。人目を感じるわけでもないから、奇行に走ってもいない。中途半端だな。暴れるでも引き込もるでも高飛びするでもなく、日々のノルマをこなそうとしてる。何でもできるってこういう意味？　自嘲にも実感がなく、魂の半分ぐらいどこかに行ってしまったような気がする。

電車に揺られながら、至って軽く考えた。

辞めよ。

そうだ、退職しよう。お前が勝手に決めるんなら、俺だっていいだろ。テレビで見てるから、ってアホか、こっちから見えなきゃ意味ねえし。ドヤる相手もいないのに頑張ってどうする。いいやもう、俺の代わりなんていくらでもいるし、しばらく遊んでいられる貯金はあるし、とっとと一般人に戻れば何を暴露されようが大した痛手じゃない。責任取ってお前が俺を養え。

それはとてもいいアイデアな気がして、いっそ心は明るくなった。お別れハイってあんのかな。現実から半ば遊離した心の落ち着きどころが見当たらないだけだと分かっていても、ローに沈み込むよりよほどましだった。いっそオンエアで言っちゃうか、突然ですが本日の放送をもちましてアナウンサーを卒業いたします——いいな、後腐れなさそう。

勝手に雲隠れした男の、アナウンサー続けてくれなんて望み、叶える義理はない。だったらぜんぶ壊れてしまえ。

思い知ればいい。ひどいことをしたって思い知って、後悔して、もうしませんって俺のところに戻ってきたらいいんだ。

「おはようございます」

いつもどおりの時間にアナ部のデスクに着くと、すこし遅れて竜起が現れ、まっすぐ計のところへやってきた。

「国江田さん、きのうの件ってどうなりました?」

「きのうの件って?」

「都築さんの……」

「ああ」

笑顔って、ほかのどの表情より簡単なんだなと改めて思った。

「ほんとに水没させてた。今忙しいみたいだし、そのうち連絡くれるんじゃないかな」

「ならいいんすけど」

竜起は釈然としていない顔で、早くどっか行ってくれ、と思った。しゃべりすぎたらぼろが出そうだ。

「国江田、ちょっと」

絶妙のタイミングで部長に呼ばれたので、ほっとしながら席を立つ。

「D会議室で」

「はい」

用件を考えもしなかったのだが、部屋に入るとまたしてもいつぞやと似たお偉いさん勢ぞろいだった。ただし設楽《したら》と麻生《あそう》はいない。

「ああ、お疲れさま、座って」

報道局長がやたら愛想よく声をかけ、アナ部の部長がかいがいしく椅子を引いてくれた。何だこの好待遇は。

もしかして、俺もう辞表出してたっけ。無意識に。それで早くも慰留《いりゅう》劇が？　いや辞めますよ辞めちゃいますよ。フリーにはならないんで安心してください。

「国江田、ちょっとこれにサインしてもらっていいかな」

机の上に差し出されたのは一枚の書類だった。

「国江田を信用してないわけじゃないんだよ、ただ、まあ、お互いの安心っていうか……な？」

さして長くもややこしくもない文面は二秒で理解できた。要は「選挙には出ません」という念書《ねんしょ》だ。

「堅苦しく考えなくていいから。あ、書くもの持ってるか？」

ほら、くっだらねえとこだろ？　ここにしがみついて何になるっていうんだよ、なあ。どいつもこいつも、何もかも、もううんざりだ。

固定された笑顔のまま口を開いた。

「僕は——」

「失礼しまーす」

その時、ノックもなく扉が開いた。計以外の視線が肩越しに集中し、計も慌てて振り返る。

「お邪魔でしたー？」

「設楽……」

報道局長がため息をつく。

「打ち合わせ中だ」

「国江田絡《がら》みなら僕も呼ばれる権利あると思いますけどね」

そして計の目の前にあった念書をひらひらさせ「これが打ち合わせですか」と、明らかに怒っている顔、で笑った。

「社内で不安視する声が未だにある。若いし、政治に色気見せてるようなイメージがつくのは国江田にとってもプラスにならないだろう」

「生放送で否定したじゃないですか」

「あれで逆に火がついた部分もある。そもそも触れるなと言ったはずだぞ」

「現場の権限はプロデューサーの僕にある」

切り返した、ちゅうちょのなさにぎょっとする。おいおい大丈夫？　……って、心配したってしょうがねーか。だってもう辞めるもん。

「念書書かされたそうですね、ってきょうも振らせますか、麻生から」

「設楽、いい加減にしろ」

「ほら、オンエアで言われちゃまずいって自覚はあるんでしょう？　当たり前だ、明るみに出たら人権問題ですよ。法的拘束力《こうそく》がない紙きれに、ただ服従の姿勢見せろって意図でサインさせようなんてひどい侮辱だ。僕はプロデューサーとして演者《えんじゃ》を守る義務がある。国江田にこんなもの書かせるわけにいかない」

そして、念書をくしゃくしゃに丸め、持って出て行った。残された面々の一様に苦々しい顔つきを尻目に、計はその後を追う。

「設楽さん」

「んー？」

振り返った設楽は、もういつものゆるい調子だった。

「ごめんねー、たぶん取締役あたりに疑り深いのがいるんだろーねー。ま、できるだけフォローするし、そこまで重宝《ちょうほう》がられてると思って我慢して」

「……僕は別に、いいんです」

「ん？　何で？」

「僕は――」

だってもう辞めるつもりだから。あんたも、向こう見ずに俺のこと庇《かば》わなくていいんだよ。

「……設楽さんや、番組の皆が思ってるような人間じゃないからです」

「え、いや、そんなの誰だってそうじゃない？」

かわされているのか素なのか、設楽はあっけらかんと尋ねる。

「国江田はまじめだな〜も〜」

「違います」

「違わない」

紙くずを廊下のごみ箱に放り込んでそう言った。

「悪人でもいいよ。ガチの犯罪者とかは困るけど……カメラの前でだけ誠実でいてくれたら十分だ。カメラは嘘をつかない。作り手が思うよりずっとたくさんのものが視聴者には透けて見えてるはずだ。国江田は誰も何も裏切ってない。だから俺も、ほかのスタッフも、君と仕事するのが楽しい。それだけだよ。ほかに何が必要?」

返す言葉が見つからず、ただ向かい合って立っていると「設楽さん!」とスタッフが走ってくる。

「どした?」

「都内の洋食チェーン店で集団食中毒起きました。二十人ぐらい病院に運ばれて意識不明の人もいるみたいです。去年もおんなじようなことやらかしてる店で、この後六時から社長の会見が……」

その時、本当に、口が勝手に動いた。

「僕が行きます」

心の中では自分に「おいっ」と突っ込みながら。

「去年の事件の時取材に行ってるので、資料はすぐ出せます。保健所の方にも直通番号で連絡取れますから」

「よし、じゃあ国江田行って。夕方ニュースで会見の中継突っ込んで、夜は去年の件も含めて事実関係詳しくやろう」

「はい」

いやいや「はい」じゃねーよ、辞めるんだよ、いい返事してる場合じゃねーよ。計自身の思いと裏腹に、手も足も勝手に動いた。取材に行き、顔出しの中継をして会見の質疑応答《しつぎおうとう》で発言し、社に戻るとディレクターとＶＴＲの構成を詰め、慌ただしく打ち合わせをして本番に突入した。

そうして、潮のいない一日はあっという間に始まり、終わった。

「すみません、スタジオにもうすこしだけ残っていいですか？」

「あ、いいすよ、じゃあ終わったら内線で連絡ください。鍵締めに来るんで。照明、ギリまで絞《しぼ》っといて大丈夫ですか？」

「ありがとうございます」

セットが片づけられ、カメラ類には覆いがかけられ、ひと気《け》のなくなったスタジオは、つい一時間前の喧騒《けんそう》など忘れて眠りについたみたいだった。次の夜まで。

次の夜、俺はどうしてる？　計は自問した。答えは、考えるまでもなかった。

ここにいる。ここにいて、ニュースを読んでる。次の夜も、その次の夜も。

だって俺は、アナウンサーだから。

わあっ、と、天井が揺れるほど叫び出したかった。何だもう、どうすりゃいいんだ、潮の親父、今すぐ俺の良心が痛まない感じにくたばれ。

ここにいたい。ここにいない自分を考えられない。求められてここにいたい、求められる以上で応《こた》え続けたい。裏切りたくない。潮が見てようが見てまいが、潮が傍にいようがいまいが。何だ、結局またお前がお見通しで正しいの？　ここに立たせてくれてありがとう、って身を引いてくれたことに感謝してりゃいいの？　お前だけに仕事捨てさせて。

どっちも捨てない選択は、本当にないのか。

しんと静まり返ったスタジオで、かすかな機械っぽい唸《うな》りに似た音がした。辺りを見回し、スタジオの隅に置いた自分のかばんが発信源だと気づく。携帯の着信だ。プライベートのほうの、ということは、親か潮。親、潮、親、潮、親、潮……一歩踏み出すたび、ふたつしかない心当たりが交互によぎる。大きく息を吸ってかばんに手を突っ込み、振動する端末をわし掴みにした。

液晶には「父ちゃん」と表示されていた。へこむな、沈むな、と自分に言い聞かせ「もしもし」と応じる。

『計、ごめんな遅くに。今、ちょっとだけ大丈夫か？』

「うん」

母経由じゃなく、父が直接かけてくるのは非常に珍しい。

『あのな、実は母さん、あした手術するんだ』

「へっ？」

『あ、もうきょうだな。きのうから入院して』

「何で⁉」

『子宮に筋腫《きんしゅ》ができて。でも内視鏡《ないしきょう》だし、術後二、三日で退院できるって』

いとものんびりした口調で言われたが、息子が知る限り国江田家で初の入院事案（出産除く）だし、手術と聞けば当然心穏やかではいられないし、しかも男にない臓器の問題だし、で動揺して「何でもっと早く言わねーの？」とつい責める口調になってしまった。

『いやー、ほら、ちょっと前に電話した時、計が忙しそうだったから』

「あ……」

そうだ、後にして、と邪険《じゃけん》に扱ったのはこっちだった。

『で、またそのうち話すって母さんが言ってたもんだから、父さんもすっかり伝わってるものだと思っててなあ。病院で晩ごはん食べてる時、計がニュースに出てるの見て「あ、言うの忘れてた」って』

「どーゆータイミングだよ……」

『ごめんな、父さんももっと確認しとけばよかった』

「いーけど……手術、何時から？」

『十一時』

「朝イチでナレ録《ど》り入ってるけど、終わったらそっち行くから、病院の名前教えて」

『そうか？　母さんは別に来なくていいって言ってたけど』

「いや、行くよ。夕方にはまた局入りしないとだから、顔見て帰るだけにはなるけど」

『そうか、うん、ありがとう。母さんも喜ぶと思う』

電話を切った。あれもこれもまとめて降りかかってくるのは、多忙になれるという意味ではむしろありがたいのだろうか。とりあえず家に帰ろう、と、気持ちを切り替えることはできた。


ナレ録りを終えて品川に向かうタクシーの中で、「手術無事終了しました」という父からのＬＩＮＥが入った。新幹線に乗り、そこからまたタクシーで母のいる総合病院に着くと、もう麻酔も覚めて病室に戻されていた。とはいえ病院という計にとっては非日常の空間でベッドに横たわる母親を目にすると終わったと言われてもはらはらした。酸素マスクをしているし、顔色も青白い。今まで「風邪引いたから寝るわ」ぐらいの不調しか見たことがなかった。

母ちゃん死んだらどうしよう、なんて幼い不安がまだ自分にある、という事実に計は自分で驚いた。社会人でひとり暮らしをしているのだから、生活面で不自由はない。むしろ父の心配をすべきなのに、きっと途方に暮れてしまうだろう――そんな息子の感傷をよそに、母はマスクをずらすと「あ、計来たの？　お父さん、あれ、あれ」と楽しそうに言った。

「いや、やめておこうよ」

「何でよ」

「何だよあれって」

「摘出《てきしゅつ》した筋腫の写真。お父さんに撮っといてもらったの。計、見たいでしょ?」

個室であるのを幸い、計は「アホかっ」と言った。一瞬でも湿っぽい心境になって損したわ。

「見せんな、絶対見せんな。てか父ちゃんも撮んなよ!」

「母さんがどうしてもって言うから……」

「あら、もう二時過ぎてるの? 計、お昼食べた?」

「まだ」

さすがに、のんきに駅弁をつつく気にもなれなかったし。

「じゃあお腹空いたでしょ、お父さん、ご飯連れてったげて」

「分かった。計、父さんの会社の人がお見舞いにカステラくれたんだけど持って帰るか?」

「駄目よ、それ、上にざらめが乗ってるやつでしょ、じゃりじゃりするのがいやだって、この子食べない」

子どもか、俺は。いや子どもなんだろうな。全国ネットのテレビにばんばん出ている今現在と関係なく、お腹を空かせていないかといつでも気にかかって、細かい好き嫌いをいつまでも覚えていて。親だから当たり前ではなくて、計の両親は、そういう人たちだ。

「そうか、じゃあ行こうか」

悠長にランチをしている暇はないので、駅まで送ってくれと頼んだ。

「ほんとにありがとうな、忙しいのに」

「や、手ぶらだし」

「元気な顔を見せてくれるのがいちばんだよ」

にこにこ笑う父親に、計は一度も怒られた覚えがない。母はそれなりに小言も言うが、ごく常識的なしつけの範囲だったし、ふたりとも計を否定したり、計に何かを押しつけたり絶対にしなかった。計の居場所でいてくれて、計を寂しくさせなかった。

寂しい、と言った潮の声が耳の中でこだまして不意に泣きそうになったが、ぐっと我慢した。今じゃねえだろ、と思った。今だ、と思える時が来るのかなんて分からなかったが、こらえる。

そして計はひとつの決意をした。潮についてもっと知ろう。潮が話してくれた以上のことを。道が開けるか開けないかは、別にして。


「国江田さん」

オンエアが終わると、竜起がやけにまじめな顔つきで近づいてきた。

「話あるんすけど」

「うん?」

「……何か隠してるっしょ、都築さんのことで」

耳打ちに、計は笑顔で答えた。

「皆川くん、お腹空かない？」

「はっ？」

「きょう、ご飯食べそびれてて」

「あー……じゃあどっか行きます？　個室のとこだと……」

「ラーメン」

「え？」

「ラーメンが食べたいな。近所でまだ開いてるとこ、知ってる？」

「知ってますけど……あの、そんな、スタイリッシュじゃないすよ」

むしろラーメン屋がスタイリッシュでどうする。

「じゃあ、そこに連れて行ってもらおうかな」

「え〜……」

局を出て、店に行く道すがら、竜起はうろたえて「大丈夫すか」を連発した。

「まさかまじで破局して自暴自棄に……」

「その不吉な単語、俺の前で口にしたら火炙《ひあぶ》りな」

従業員は全員黒Tシャツで頭にはタオル、という非常にスタンダードなラーメン屋に案内されると、計は迷わず「極濃豚骨《とんこつ》大盛り」とオーダーした。店員が「あの」とおずおず確認する。

「うちだいぶこってりですけど、大丈夫ですか？」

「チャーシューも増し増しで」

「は、はいー！」

十分とかからず、チャーシューで蓋《ふた》をされた状態のどんぶりがやってきた。こってりの極限に達したスープはもはやルウに近い。計は「いただきます」と手を合わせ、涼しい顔でそれを食べ、替え玉も頼んで完食すると、ふたりぶんの会計をして軽やかに店を出た。竜起もその後に続く。

「ほんとどうしたんですか」

「腹減ったからめし食って何が悪い」

「そりゃそうですけど」

「脳に脂がいかねーと頭が鈍《にぶ》るからな」

「はー……で、要するに、俺には何も話す気がないってことすか？」

「大丈夫、お前の使い道はいろいろ考えてるから。駒《こま》として」

「いや全然嬉しくねーすよ!?　都合のいい男扱い!?」

ごちゃごちゃ抗議はしたものの「食欲あって元気ならいいですけど」と竜起らしい賢さで深掘りをしてこなかった。

「ラーメン代以上の仕事はしませんよ」

「とりま、自然な感じで政治部と飲み会セッティングして呼んでくれ。他局とか新聞も混じってると尚よし」

「政治部〜？　あやしーなまた……選挙絡みでいろいろ言われてるでしょ、今はまずくないすか」

「だからお前が幹事。多少上の耳に入ってもいい」

設楽がけん制したばかりだから、しばらくは何も言ってこないだろう。

「先輩、猫かぶるのやめるんすか」

「やめねえよ」

それに偽《いつわ》りの毛皮じゃない。両方好きだ、と潮が言ってくれた時から、どっちも等しく国江田計だ。状況に応じてスイッチングするのみ。

「んで、政治関係の人らと何しゃべるんですか」

「別に。強《し》いて言うなら漠然と取材、かな」

若宮誉ピンポイントでなくて構わない。現場を踏んでいる人間しか知らない空気、表に出すほどの確度はない憶測やうわさ話、何でもいいからそういうざっくりした情報がほしかった。幸い、記者という人種は基本的におしゃべりだ。裏を取れない、イコール部外者に流れないネタほど「オフレコでね」と前置きしつつ披露したがる。

濃厚なガソリンを注入したせいか、胃と頭がほかほかしていた。まだ、まだ諦めない。悪あがきだろうが空元気だろうが、走る。

竜起が「国江田さんって」とつぶやいた。

「ほんと弱音吐かないすね。仕事でもプライベートでも」

「お前に吐くぐらいならそこの飛び出し坊やに吐くわ」

「ひっど！」

他人に弱音を吐くとか相談するとか占いに頼るとか、誰でもできる。その、誰でもできることをできなかったりするのが計の弱点でもあるのだけれど、泣き言を打ち明ける相手は、この世でひとりと決めている。

決めてやったのにいなくなるなんて、そんなバカな話があるか。

そもそもこっちは政治家のご子息だなんて知らなかったですし、先に手をつけてきたのはお宅の息子さんなのにこの仕打ち。手切れ金二十億ぐらい携《たずさ》えて不徳の致すところを詫《わ》びるんならまだしも、一方的にデマ流したり人の周辺かぎ回るとはどういう了見《りょうけん》だ？　あんま平民なめんなよ。

怒りが湧《わ》いてきた、自分が嬉しかった。

「ぜってーこのままじゃすまさねーからな……」

「先輩、それ悪役の台詞」

金曜の夜から日曜の朝まで、泥のように眠った。泥のように眠っても目覚めた時には腕や目が勝手に潮を探した。他人の目があれば、頑丈な外づらで自分自身の感情からも自分を守れるのだが、ひとりだとひたすら寂しくて悲しくて心細くなり、家じゅうの明かりを点《とも》して暖房をがんがん入れた。大丈夫、俺にはちゃんとやることがある、と言い聞かせながら。

潮の祖母（仮確定）から届いた封筒の住所をうっすら覚えていた。区の名前と、ラタトゥイユみたいなミルフィーユみたいな横文字の集合住宅、という程度だが、ネットであれこれ検索するとちゃんとヒットした。ソフィーユ、とつく、介護サービス付きの高齢者専用マンション。ここで間違いなさそうだった。電話番号も部屋番号も分からないが、とにかく行ってみれば何かしら次の展開がある、というセオリーは、仕事の取材で学んだ。動かないうちはずっと振り出しだ。

突然お伺《うかが》いするからには何か手土産を、と考えたが、人となりについては情報がゼロなので趣味も好き嫌いも分からない。高齢だから健康上の制限もありそうだし……というわけで、退院したてのばあさん予備軍こと実母にＬＩＮＥしてみた。

『今何か欲しいものある？』

『ハワイ』

何の参考にもなりゃしねえ。詳はよそ行きの支度をして、会社に立ち寄った。宣材《せんざい》持ち出し伝票に書き込んで仕入れたのはアサぞうハンドタオル、アサぞう三色ボールペン、アサぞうクリアファイル。非売品だし、身元の証明にもなるし、下手《へた》に食べものを持っていくより迷惑にならないだろう。

電車を乗り継いで当該《とうがい》のマンションに着くと、裏手に回って集合ポストの表札をチェックした。七〇五号室「都築」、よかった、ちゃんと書いてくれている。改めて正面玄関のインターホンで部屋番号を呼び出す。

『はい』

柔和《にゅうわ》なご婦人、という感じの声が応じた。計も「初見《しょけん》の人間を警戒させない声」を意識する。

「突然お伺いしてすみません。国江田と申します。お孫さんの、都築潮さんのことで」

『えっ?』

用件を言い切らないうちから、都築小夜子《さよこ》の声はがぜん高くなった。

『あの、ひょっとしてアナウンサーの方?』

「はい」

『まあ、私、いつもテレビ見てるんですよ! あ、どうぞどうぞ、上がってくださいな』

と、いとも簡単に解錠《かいじょう》してもらい、エレベーターで七階に上がるとドアまで開けて待っていた。テレビ出ててよかった。

「初めまして」

計のあいさつそっちのけで、潮の祖母は「テレビで見るより素敵ねえ」といきなり好感度をMAX値まで上げている。慣れた反応ではあるのだが、潮の肉親だと思うと若干《じゃっかん》照れた。

散らかってておはずかしいわ、という決まり文句で通された部屋は散らかすシロもそんなにない、簡素な1DKだった。玄関にはトロフィーや盾《たて》があり、これはたぶん、潮が仕事でもらってきたやつだろう。アサぞうグッズを手渡すと「まあかわいい」と喜び、お茶を淹《い》れてくれた。慎《つつ》ましく身ぎれいな、ごくごく普通の「おばあちゃん」に見える。

「うちの孫が、そちらでお仕事させてもらったことがあったでしょう」

「そうですね、そのご縁で知り合いまして」

「潮は、国江田さんとお友達になってたなんて、ちっとも教えてくれなくて。きっとサインなんかねだられちゃたまらないって思ったのね」

「――その、都築さんのことなんですが」

会話に余白を作るため、お茶をひと口だけ飲んで茶托《ちゃたく》に戻すと、計は切り出した。

「実は、先週からご実家に戻られて、僕とは連絡が取れないんです。何か、ご本人から聞いてませんか?」

「いいえ」

彼女は目を丸くし、「ごめんなさいねえ」と恐縮《きょうしゅく》した。

「不義理して……今、あちらのおうちに電話しましょうか?」

意外にも、祖母のほうでは若宮家と没交渉《ぼっ》ではなさそうだった。

「いえ。じきに何とかなると思っています。ただ、彼についてほとんど何も知らないままだったので、差し支《つか》えない範囲で教えていただけたらと思って、きょうお伺いした次第です」

余計な嘘をつかない、これも取材の鉄則。潮の祖母は「ああ……」と遠い目をした後、「分かるわ」と苦笑した。

「妙に頑固《がんこ》な子だから……でも、すこしはご存知?」

「お母さんを早くに亡くされたことと、お父さんとあまり折り合いがよくないことと、十五歳以降は実家と接触を絶っていた、ぐらいでしょうか」

「ええ。でも、若宮のおうちにいた頃の話は、私にもしたがらないの。それに私自身、交流がうすくて。婚家に首を突っ込むのはよくないでしょう、孫とも、年に一度会っていたかどうか……」

「じゃあ、都築さんが家出してこられた時は」

「びっくりしましたよ。でも、迷惑かけないから置いてくれって手をついて頼まれちゃあねえ。私も、娘を亡くしたばかりで、その前の年には夫にも先立たれて気落ちしてたし。でも潮は、今思うと、連れ戻されやしないかって心配だったんでしょうね、学校とアルバイトばっかりで、うちにも寄りつかなかった。毎月律儀にお金を入れて、たまにしてくる頼みごとといえば、あれやこれやの書類に保護者印を捺《お》してくれって……あなたも、水くさいやつって思ったこと、あるでしょう?」

「はい」

計は笑って頷いた。

「やっぱり!」

場の空気をほぐしてから、「すこし立ち入ったことを伺ってもよろしいでしょうか」と、もう一歩奥へ足を進める。こうやって計算ずくで会話を広げていくのは、仕事と割り切れないだけに気持ちのいいものじゃなかった。しかし罪悪感を心の隅に追いやり「都築さんのお父さんのことなんですが」と言う。

「ああ、誉さんねえ、いつの間にかずいぶんお偉くなったみたいねえ」

潮の話では、父親の政治家業をサポートする中で母親は命を落とした。だから、娘の夫に対してそれなりに複雑な機微《きび》があるだろうと踏んでいたのに、えらくさらりとした口ぶりだった。

「立場が人をつくるってほんとね、あんなにのんきな性格だったのに」

「のんき……?」

そんなイメージはまったくない。

「誉さんはね、次男坊だったんですよ。上によくできたお兄さんがいて、もちろん家督《かとく》を継ぐのも、政治家になるのもご長男。お父さまの秘書をやってらした。誉さんはデザイン会社か何かにお勤めで、趣味で絵を描いたりして、こう言ったらあれだけど、太平楽《たいへいらく》に暮らしてたの。

だって、そうでもなきゃ、うちみたいな普通の家の娘と結婚させてもらえるはずないじゃないの」

こーんなに、と二本の手で差を示す。

「家柄が違うんだから。あちらの旦那さま方からすれば、あまり眼中になかったわね、誉さんも私たちも。でも誉さんにとっては好都合だったんでしょう、おうちを出て、夫婦だけで暮らして、そのうち潮が生まれて――……潮が二歳の時だったかしら、交通事故で、誉さんのご両親とお兄さんがいっぺんにお亡くなりになったのは」

――ただでさえ、あそこの家は、むごいことが多くて……。

江波の苦《にが》い台詞の意味がようやく分かった。

「まあ、何て言うのかしら、立派なお葬式で」

潮の祖母は、ほう、とため息をつく。

「政治家の先生たちが次々弔問《ちょうもん》にいらして、ここで国会が開けるんじゃないかってぐらい……身の置きどころがないというのはまさにあのことね。住む世界が違う。うちの娘はもっとそう思ってたでしょう。ひょっとすると、誉さんだって」

二番目に生まれた男子として、軽んじられる代わりに免除《めんじょ》されてきたさまざまな役割が、突然何もかも降りかかってきたら。

「誉さんが何を思ったのか、それはもう、私には想像もつかないの。でも会社を辞めて、政治家になる道を選んだ」

「娘さんから、何かお話は？」

「誉さんは出馬《しゅつば》するから、お父さんもお母さんも振る舞いに気をつけて、って。まあ正直、頭にきたわね。どうして子どもにそんな注意されなきゃいけないのかと思ったわ。夫が『お前に政治家の女房なんか務まるもんか』って言ったら、『それでもやらなきゃいけないの』って……ぼーっとした子だったんだけどね、人が変わったみたいで。それから私たちも、あちらのおうちと関わるのに気が引けてしまった。……お茶、冷めたわね。淹れ直しましょうか」

特に欲しくなかったが、彼女のほうで、すこし心の休憩を要していそうだったので「お願いします」と答えた。湯呑みから立つ新しい湯気を眺めて、「手紙はちょくちょくきたけど」と話し始める。

「外では言えなかったんでしょうね、愚痴《ぐち》っぽいのよこれが。私はお花も活《い》けられない、お茶も点《た》てられない、玄人《くろうと》はだしの料理を出してお客さまをおもてなしすることもできない、よその奥さまたちと比べると、自分が恥ずかしくて情けない、息子にはそんな思いをさせたくない……そりゃあこっちは、普通の家で普通の家事しか教えてないもの。そのとばっちりが潮にもいってたんだから、このバカ娘が！　って怒ってやりたい気持ちもあるんだけど、ね――」

初めて、声を詰まらせた。

「あの子はいつも、誉さん誉さんって、誉さんのことが大好きで、その一心だったと思うと、ただ哀れでね……だから誉さんを恨んだり怒ったりは、ないのよ」

皮肉な話だ。外向きの自分を完ぺきにコントロールして人生をやりくっていく大変さなら、計にはよく分かる。本来望んだ道じゃないとなれば尚さらで、突然新番組の看板を背負わされた時のプレッシャーがよみがえってくる。潮の両親が直面した葛藤《かっとう》や苦悩は、その比じゃなかっただろう。だからたぶん、普通の夫婦の顔、普通の父母の顔を捨てた。潮が言うように「政治家とその妻」になりきった。そうでもしなければ、抱えきれなかった。計だって、潮に出会い、表裏のバランスが危うくなった時には大いに混乱した。揺らがないためには、シーソーの片方に重石《おもし》をくくりつけるしかない。

どこからどう見ても、隙なく堂々たる政治家だった潮の父親。あそこにたどり着くまでに、いったいいくつのハードルがあったのか。

「今のお話、都築さんはご存知なんでしょうか」

「いいえ。聞きたくないし言いたくないって態度だから。それにあの子だって、自分の親が置かれていた状況ぐらいは分かってるでしょう」

「そうですね」

尊敬はしている、共感はできないが一定の理解は可能、それでも、許せない、と。もしかすると、父親と同じ立場になった時、そのわだかまりは解けるのかもしれない。

……だからって俺は、一歩も引く気はねーけどさ。

「長々と、すみませんでした。ありがとうございます」

「もうお帰りになる？　お役に立てた？」

「はい、お邪魔しました」

「今度は、潮と一緒に遊びに来てちょうだい」

「ぜひ」

マンションを後にし、まだ時間があったので駅近くの図書館に入った。政治関係の本や雑誌をいくつか選び、若宮誉についての記述を探す。父・若宮海《かい》の地盤を継ぐかたちで政界入りした年、参院選も行われていた。父親の死が二月、それに伴《ともな》う補欠選挙が四月、参院選が七月。そして当時も与党は逆風下《ぎゃくふうか》にあった。

なるほど、と声を出さず唇だけ動かす。国政選挙前の補選は「前哨戦《ぜんしょうせん》」というのが定説だ。ここで勝てば弾《はず》みがつくし、負ければ引きずる。しかも東京1区を落とすわけにはいかない。ど素人《しろうと》の次男坊だろうが、弔《とむら》い合戦の旗を立てて出れば勝てる。逆に、党から別の候補を送り込んで負ければ大黒星……俺が選対《せんたい》なら、監禁してでも出馬させるな。葬儀の時点で脅迫に近い因果《いんが》を含められていたとしても驚かない。たとえば十五歳の潮が耳にしたような心ない言葉で。

補選の結果は圧勝、それが功を奏したか夏の参院選もかろうじて第一党は維持《いじ》、鳴り物入りで政界デビューした当初は色眼鏡で見られていたが、親の名にあぐらをかかない堅実な仕事ぶりで徐々に評価され、青年局長や政務官も経験、東京1区を不動の地盤に、とおおよそのアウトラインは把握した。非の打ち所がない、よって攻めどころもない。関係者に探ったら愛人とか隠し子とか都合よく発覚しねーかな、と淡い期待を抱いていたのだが、空振りに終わりそうな気がする。

新聞の紙面を検索できるパソコンがあったので、潮の話にあった写真を探した。妻の墓参り。それは確かにきれいな写真だった。雪景色の中で墓石と対峙《たいじ》する、黒コートの男。背景が白いから人体のフォルムがよく分かり、後ろ姿も潮に似てる、と思った。

美談仕立てを嫌悪《けんお》する潮の気持ちは分かる。でも、計が他人だからだろうか、若宮誉の背中から、大きな悲しみを感じるのは。カメラは嘘をつかない、と設楽は言ったけれど、誰にも自分だけの顔、自分だけの本当、自分だけの居場所があって。

どうする? と繰り返し頭に刻んできた問いをリピートする。外はもう、雲の合間に濃い暮《ぼ》色《しょく》が流れ出し、「間もなく閉館です」の放送が聞こえてきた。

実家に戻ってから数日経《た》った深夜、初めて父親と対面を果たした。どこほっつき歩いてんだ、と言いたいぐらい帰ってこなかったからだ。西條《さいじょう》によると、重要法案が多いのでその勉強会やらで平日は議員会館に泊まり込んでいるらしい。土日は地方での講演会や各種冠婚葬祭への顔出し、多忙ぶりに拍車がかかっているのは、それだけ出世したということか。

「潮《うしお》さん、まだ起きてらしたんですか」

「することねーし」

西條とは言葉をかわしたが、肝心の父は潮を一瞥《いちべつ》しただけで、これが十四年ぶりの再会の場面かと思うといっそ笑えてくる。

「話あんだけど」

「何だ」

話しかけると、応答はあった。

「政治家にはなりたくない」

「なら出て行け」

あまりの言いように「ふざけんな」と声を荒らげた。

「そんで出てったら下衆《げす》い脅《おど》しかけてくるからここにいるんじゃねーか」

「そうだ」

父は、靴べらを西條に手渡して廊下に上がると、平然と潮を見返した。

「脅されて困るからここに来たんだろう？　なぜそれを一から引っくり返すような話につき合

わなきゃならない？　まさか、とりあえずことを収めるために戻って、ゆっくり俺を説得しようとでも考えていたのか？」

　図星を突かれて固まる息子に「お前、バカじゃないのか」と平坦な声で言い放つ。

「どうして自分の望みどおりにものごとが運ぶなんて思うんだ。今のお前と話すことは何もない」

「……そのバカに家継がせようってあんたは何なんだよ」

「時間はかかりそうだが、人前に出しても恥ずかしくない程度のバカにしつけるまでだな」

　予想はしていたものの、取りつく島のない対応だった。ぶん殴りたい衝動に耐える。今なら肉弾戦《にくだんせん》でも勝てるけど、言い返せなくて暴力、はさすがに情けない。とにかく計《けい》から手を引かせたい一心で、浅い考えのままここに来てしまったのは確かだ。

　昔使っていたのと同じ部屋には、机と椅子とベッドだけが用意されている。寒々しい空間でドアを閉めると、だだっ広い家なので他者の気配をまったく感じない。ベッドで寝転がってやり場のない憤《いきどお》りを鎮《しず》めていると、ノックの音がした。身体を起こす。

「潮さん、すこしよろしいですか」

「……どーぞ」

　西條が入ってきて「コーヒーでもお淹《い》れしましょうか」と尋ねる。

「いや、俺はいいけど。西條さん飲みたいんだったら淹れてくるよ」

「お構いなく」

椅子に腰かけ、くくっと肩を揺らして笑う。

「どうかした？」

「……あまりに父子仲《おやこ》が悪いので面白くて」

「怒るぞ」

「すみません……きょうは何をされてたんですか？」

掃除、と潮は答える。

「やることねーんだよ。勉強漬けにさせられると思ってたから拍子抜け」

「私もまだ忙しくてそのへんに手が回りませんで。しばらく休暇もいいでしょう。ところで、家政婦の仕事にご不満でも？」

「正確には掃除という名の家探《やさが》し」

「何をお探しに？」

「俺も親父を強請《ゆす》れるネタ見つけよーと思って……って笑うなよ」

「政治資金収支報告書、チェックされますか？　不透明な金の流れでもあるかもしれない」

まじめくさった顔で、からかいを口にする。

「見たとこで分かんねーよ。てかさ、親父の次に出るんなら西條さんでいいんじゃね。もう顔も知れ渡ってるし、仕事も把握してんだろ」

「私に限って言うなら、ありえないですね」

「何で、秘書が地盤継ぐって、よくある話だろ」

「私は私の職分を果たしたい、というのが何よりの希望ですから。仮にですよ、どうしても潮さんがものにならないようでしたら、秘書の中に目端《めはし》が利《き》く若い者もおりますし、政治家として育てる可能性はゼロじゃありませんが」

「え」

「何か?」

「いや……あんた以外に秘書っていたんだと思って」

「いますよ。公設秘書ふたりと政策秘書、彼らは公務員扱いですから議員会館勤務で、基本的にこちらへは顔を出さないだけです」

そしておそらく、重要度のいちばん高い私設秘書の西條。

「じゃあ計四人?　そんなに?」

「十人抱える先生もおりますから、特に多いというわけでも」

「毎日何やってんの」

「身も蓋《ふた》もない質問ですね。会合や行事ごとの代理出席、スケジュール調整、選挙や政策の分析、手足になり頭脳になり五感になる、仕事はいくらでもありますよ。逆に言えば、政治家をまじめにやろうとすれば身体ひとつで足りるわけがない」

「はあ」

「すこしは興味が出てきましたか?」

「逆。俺、人使うの苦手なんだよ。しかもそいつら、選挙に負けたら全員無職にしちゃうわけだろ。こえーわそんなん」

西條の目が底光りした。

「だからこそ面白いんですよ、選挙は」

「器《うつわ》じゃねえ」

「器の完成を中身は待ちません。そそいでみてからふちを盛り上げる、底を広げる、ひびを接《つ》ぐ。先生も長年そうしてこられて、今の若宮誉《わかみやほまれ》を見て不恰好《ぶかっこう》な器だと言う人間はひとりもいない」

「ほんと、ああ言えばこう言うよな」

「仕事柄ということで——そういえばきょう、議員会館でテレビを見ていたんですよ。夜のニュース」

「へー」

「国江田《くにえだ》さんという方は、つくづく達者だ。言葉に説得力がある。大変な努力家なんでしょうね」

「……まー、西條さんの想像してる性格とはだいぶ違うだろうけど」

「お戻りになる前、お話はされたんですか？」

「引き裂いといて詮索《せんさく》すんなや」

「それもそうですね、失礼いたしました。では」

「おやすみ」

扉が閉まり、ほとんど足音を立てない西條の気配が遠くなると、また潮の元には静けさだけが残った。母がいた頃は、もっと来客が絶えない家だったのに、女手のなさを理由にしがらみをリストラしたのかもしれない。何か、頭の中に雑念が入ってきてくれないと、最後に見た計の、ぽっかり魂の抜けた顔ばかりが思い出されて眠れなくなる。


うんざりするほど底冷え続きだが、夜明けはじりじりと早まっていた。日付が変わった頃から始まった飲み会が終わったのは午前六時前、徹夜のせいもあって朝陽がきらきらまぶしい。

「先輩、電車で帰ります？」

「いや、タクで会社戻る」

「え、何で？」

「ライブラリーから借りてるVが溜まってる」

「働くな～。きょうの集まり、何か参考になりましたか？」

「まだ分かんねえ。もうちょっと頭整理しないと」

解散ありやなしや、政治家のゴシップ、派閥《はばつ》のバトル、少々専門的だがしょせん飲み屋である与太話《よたばなし》、若宮誉にまつわるこれといった収穫はなかった。身辺がクリーン、中堅議員のリーダー的存在、現場の新人記者にも親切……、そんな情報何の役にも立たねーんだよ。

「また近々開きます?」

「保留」

「さっきの面子《メンツ》の中に国江田さんと合コンしたいっていう女子が」

「却下」

局でシャワーを浴びて眠気を払うと、満喫みたいな仕切りのあるブースが並ぶVTR閲覧室《えつらんしつ》に陣取り、「若宮誉」で検索して引っかかったテープを次々チェックしていった。初当選時は、今の潮と同じぐらいの年だろう、さらに面影が濃かった。しかし感想といえばそれくらいのもので、後は退屈な国会質問だったり、これといって代わり映えのしない選挙の画《え》ばかりだ。内面に迫《せま》るような材料はほとんど出てこない。倍速でそれらを流し見ていると、どんどん頭が重たくなり、ゆらゆら舟を漕《こ》ぎ出してしまう。

浅い夢の中に、潮は出てこなかった。潮作の宇宙人は出てきた。UFOでふらふらと真っ暗な宇宙をさまよっている。あー、そーだな、ご主人さまどっか行っちゃったもんな。

新しい星、新しい家はどこにある。

『——皆さまのお力をお借りして、このたびの選挙にも勝利することができました』

突然、宇宙に若宮誉の声が割り込んでくる。

『選挙戦を振り返っていかがでしたか?』

『東京1区は、地盤という堅苦しい言葉では表現できない、私の大切な地元であり、故郷であり、全体が大きな家のようなものです』

やかましいわ、お前の家の話なんか聞いてねえよ、息子の家は取り上げたくせして——。

がくん、と腕組みしていた肘《ひじ》が動き、机の上に積んであったテープの山を崩した。ヘッドホンがずれるのと同時に、それらが床に落ちる派手な音が耳に届いて一瞬で眠気を吹っ飛ばす。

「……大丈夫ですか?」

早朝とはいえ無人ではないので、いくつかの頭がブースからぽこりと出て計を窺っていた。

「すみません、お騒がせしました」

慌ててテープを拾い集め、ケースと中身がずれないよう、番号を確かめながら戻していく。

あーびびった。心臓どくどく言ってるし……。

……ん?

この動悸。ほんとにびっくりしたせいだけか? どくどくというかざわざわというか、もっと何かほかの。

俺今、何を考えてたっけ? 服の上からぎゅっと心臓を押さえ、計はモニターを凝視した。

そして、駒《こま》、もとい竜起《たつき》に、計はふたつめのミッションを与えた。

「これ、江波《えば》じいに渡してくれ。きょう来てるはずだろ」

そう言って何も書かれていない封筒を差し出すと「ラブレター？　果たし状？」と訊く。

「開けたら殺す」

「用事もないのに、ＢＳのスタジオ周り俺がちょろちょろしてたらうさんくさいっすよ」

「迷子になることもあるだろ」

「どんだけアホの子ですか」

「そんであのじいさん見つけたら、こないだの飴《あめ》のお礼ですとか何とか言って、とにかく渡してくれたらいい」

「人使い荒いな～」

「たぶんこれで最後だから」

竜起は封筒を内ポケットにしまうと、急に真顔になった。

「パシリはいいですけど、国江田さんまでどっか行っちゃうとか、そーゆーのはなしにしてくださいよ」

こいつのこういうところが、本当に油断ならない。

「……バカ言ってんじゃねーよ」

「あと先輩、ひとつご報告が」

「何だ」

「こないだのラーメン屋に、『国江田アナご来店』って貼り紙してありました」

「今すぐ燃やしてこい」


腹は決まった、勝算はまったく不明、台本はあるようなないような。「よきところでCMへ」、「流れで次のコーナー」、その程度のいい加減さだ。スタッフもいなければリハーサルもできない。

でも、やる。

タクシーの中で何度か携帯を確認したが、着信はなかった。江波に宛てた封筒には計の番号も入れておいたので、都合が悪ければ断りぐらい入れてくるとは思うが、逆に「どういうつもりだ」とか訊いてくるわけでもないので、完スルーされている可能性もある。ここが最初の賭け。江波が案外情に厚いのと、計を割と気に入っている、それで応じてくれるかどうか。

潮と泊まったホテルが見えてくる。いてくれよ、と祈りながらエレベーターに乗り、自分が用意した部屋の前に立った。

二度ノックをしてから、カードキーで中に入る。灯《あか》りがついていた。

「ついさっきまで画面越しに見とった人間と対面するのはへんな気分だな」

オットマンのついたひとりがけのソファに悠々と座り、江波はテレビを見ていた。テーブルには、冷蔵庫にあったと思《おぼ》しき缶ビール、ワイン、ウイスキーの小瓶《こびん》……飲みすぎだよじじい。

「それにしても、アナウンサーちゅうのはそんなに儲《もう》かるのか、俺なんか、未《いま》だに遊説《ゆうぜい》の時もビジネスホテルだぞ」

「日常的に使ってるわけじゃないですよ」

「そうかい。ところでテレビカードも売っとらんとなると、アダルトチャンネルはどうやって見るんだ」

答えずにテレビを消したが、老人は怒らなかった。

「で?」

眉尻を上げて切り出す。

「わざわざ老いぼれを呼び出した理由を訊こうか」

「ちょっと、個人的なお願いがありまして」

「の割に大層《たいそう》な下準備だ」

「人に見られるとまたいらない憶測を呼びそうなので」

「お願いとやらを言ってみろ」

計はベッドに座り、江波と視線を合わせる。

「若宮先生のお宅に、お伺いしたいんです」

「若宮？　何でまた」

「それも個人的な用件です」

「行きたきゃ勝手に行きゃあいいだろう、まさか住所が分からんのか？」

「分かります」

ストリートビューで外観も確認ずみ、固定資産税だけで新卒の年収ぐらい吹っ飛んでしまいそうなお住まいだった。

「ただ、僕が単身出向いたところで門前払いでしょうし、へたにごねれば通報されかねませんし、ご近所の目もある」

「なら取材でも何でも、用件つくれるだろうに」

「会社を巻き込むことはできません。個人としてあの家に用事があるんです。招かれざる客ですから、江波先生のお力添えがあればと」

「要は、俺に引率《いんそつ》してけってわけか」

「はい」

江波は瓶から直接ウイスキーを呷《あお》り、計の腹の中を探るようにきろりとねめつけた。

「政治家とヤクザには気安くお願いするもんじゃねえぞ、後が怖い」

「後者はそうでしょうね」

「あいつの秘書、口うるさくてな、厄介《やっかい》ごと持ち込んだって恨《うら》みを買うのは気が進まん。お前の頼み聞いたところで、俺に何の得がある？」

「感謝をします」

「は？」

「僕が、江波先生に心から感謝します。それだけです」

「話にならん」

しっしっ、と手で払う仕草をされた。

「金品のやり取りなりお約束なりをしてしまうとまずいでしょう。局のコンプライアンスに抵《てい》触《しょく》しますし」

「個人的な頼みなんだろうが」

「そうですね、それでも僕はアナウンサーですから」

計は笑顔を見せた。このじいさん相手だと、平身低頭《へいしんていとう》拝《おが》み倒すよりは生意気に振る舞ったほうがたぶんうまくいく。

「まあ、ここの支払いぐらいは持ちます」

「お前が呼びつけたんだろうが！」

「こんなに盛大《せいだい》に晩酌《ばんしゃく》されるとは思わなかったので。そもそも、江波先生に貸しがあるのはこちらですよね？」

「何だそりゃ」

「僕が司会した討論会で人気が出て、ＢＳのレギュラーもらったでしょう」

「バカを言うなバカを‼」

ほら、楽しそうに怒ってる。

「旭《あさひ》の文化人ギャラなんざお前、雀《すずめ》の涙だぞ、事務所の電気代にもならん。地上波ならまだしも……」

「ほんとは怖いんじゃないですか」

「何がだ」

「僕も身に覚えありますよ、数回口きいた程度の人間に『俺の友達アナウンサーやっててさ～』って吹聴《ふいちょう》されるの……実は若宮先生のおうちと親交なんてなかったりして」

「ばかやろう、俺は誉のおむつだって替えたし、海《かい》とは強行採決《きょうこうさいけつ》のたんび示し合わせて気に入らねえやつぶん殴ってきた仲だぞ！」

「ほんとかなー」

「ちっ、見てろ」

江波は着物の合わせに手を突っ込むと、長い紐《ひも》のついたふたつ折りのガラケーを引っ張り出した。首から下げているらしい。

「三回失くして女房が怒り狂ったからこうしとるんだ」

恥ずかしいのか、言い訳をしてからどこかにかける。

「……おう、俺だ。ちっと飲みすぎてな、酔いを覚まさんと嫁が怖い。久しぶりに寄らせてくれ。三十分ぐらいで着く。じゃあな」

それだけ話してまた携帯をしまうと、「行くぞ」と草履《ぞうり》に足を通す。

「今からですか？」

「安い挑発に乗ってやったんだ、本当に感謝しろよ」

「ありがとうございます」

計は立ち上がってふかく頭を下げた。「なっとらんお辞儀だな」と笑われる。

慌ただしくチェックアウトしてタクシーに乗ると、江波は「ひとつだけ教えてくれ」と言った。

「俺が前に見たのは、やっぱり誉の息子なんだな？」

逡巡《しゅんじゅん》したが、正直に「そうです」と認めた。

「本人も、江波先生のことを覚えてました。きちんとご挨拶《あいさつ》できなかったのを申し訳なく思っていると思います」

「そんなこた構わんよ」

老人は意外にも優しく言う。

「いろいろあるんだろうさ。誉にもいろいろあった。飲み込めるか飲み込めんかは別にして、誰にだっていろいろある、そうだろう」

「……はい」

信号が、遠くから順々に青く変わる。潮の家に行く時の気持ち、あの家がもうないことをまた思い出して胸が詰まった。でも、ずっと何も知らないまま、潮の祖母に会う機会もなく過ごせていたら、とは思わない。

だって計は、これから取り戻しに行くのだから。

「ほれ」

目の前に飴が差し出された。キョーちゃんのいびつな間抜けづら。

「何でしょう」

「心細くて泣きそうな子どもには飴と相場が決まっとる」

「……泣きませんよ」

でもありがたくちょうだいして、ぼりぼりこれ見よがしに噛《か》み砕《くだ》いてやった。ほんと、食えないじいさんだよ。

「先生、お子さんは」

「息子がふたり、孫は五人」

「政治家にはしなかったんですか」

「絶対やりたくないと言われたからな。母親の苦労を見てりゃあ、自分の妻には背負わせたくないと思うのが当たり前なんだと。まあぐうの音《ね》も出んわな」

「それでいいんですか」

「本人たちがやりたくないんだからどうにもならんだろう。若宮の家みたいな筋金入りと違って、俺なんかポッと出の野良政治屋だしな。……ああ、兄さん、このへんで停めてくれ。ご苦労さん。領収書くれ」

目的地のワンブロック手前でタクシーを降りると、江波は早足で歩いた。背の高い築地塀《ついじべい》が延々と続く家の正面、威風堂々《いふうどうどう》としか言いようがない数寄屋門《すきやもん》の前で立ち止まるとワンクッションも置かずにインターホンを押す。いやいいけど、心の準備とか訊けよ。

応答の声はなく、格子《こうし》の木戸だけがゆっくり横に開いた。門の内側に足を踏み入れるとまたゆっくり閉まり、かちりと鍵のかかる音がする。見かけによらずハイテクだな。玄関まで、石を敷き詰めた長いアプローチを進むとセンサーライトが点《とも》り、素人目《しろうとめ》にも丹精《たんせい》された庭の植栽《しょくさい》が見える。住む世界が違う、という、潮の祖母の言葉を思い出した。

馬車ごとＩＮできそうな間口の扉はオートではないらしく、江波は無造作に手をかけるとがらりと開け放つ。

玄関先には男がひとり立っていて、軽く手を挙げた江波ににこりともせず「困りますよ先生」と言った。

「そう固いことを言うなよ西條」

これが例の口うるさい秘書か。

「誉は？」

「会合の途中でしたから。突然お電話いただいたもので、急きょ私だけ戻ってきました」

「そうか、じゃあ中で待たせてもらうかな」

「すっかり素面《しらふ》とお見受けしますが」

「おいおい、老人を寒空に放り出す気か？　道端《みちばた》で凍死でもされたら、お前も寝覚めが悪いだろうよ」

「ところで、そちらの方は？」

まったく取り合わず、西條は計をちらりと見やる。明らかに知っている目つきだった。

「ああこいつか、俺の新しい秘書見習いでな、顔見せに連れてきた。いろいろ教えてやってくれ」

「……それはそれは」

「まあ、玄関先で立ち話もなんだから、な」

「押しかけた側の台詞じゃないでしょう。もう一度申し上げますが、困りますよ先生。その、秘書の方とどういうご縁か存じませんが、お引き取り願います」

冷淡な拒絶に、江波はゆっくり顎《あご》を撫で「おい」と鋼《はがね》のような太い声を出す。

「つい最近まで右も左も分からねえ青二才だった覚えがあるんだが、恐れ入るねえ。秘書ふぜいが俺にいっぱしの口きくか」

江波じいとしてテレビ用に見せるキレキャラとは比べものにならない、地鳴りを呼びそうなドスの利《き》き方だった。

「こいつを上がらせたら都合の悪いことでもあるのか？」

「とんでもない」

西條はこれみよがしのため息をつくと「どうぞこちらへ」と促《うなが》した。潮が出てくるようすはない。この広さだから多少の会話は聞こえなさそうだ。

洋風の応接間に通されてソファに腰を下ろしたのもつかの間、江波は「ちょっくら仏壇に挨拶してくる」と立ち上がった。

「海と積もる話もあるからな、ああ、茶なんかいらんぞ、お構いなく」

敢《あ》えて外してくれたのか、単なるマイペースか微妙なところだが、部屋には西條と計だけが残された。

先に口を開いたのは西條だった。

「どこかでお見かけしましたか？」

「さあ」

と計は軽く流した。

「ところで、お名前をまだ伺っておりませんでしたね」

「白々《しらじら》しい」

「……は？」

「白々しい、つったんだよ」

立ち上がり、大きく息を吸い込んだ。喉の奥を、意識して開く。

届くよな、俺の声。

「出てこいやバカ息子―――‼」


ボリューム最大値で叫んだので飾り棚のガラスがびりびりさざめいた。

そして、転がるような足音が近づいてきて、扉が、蝶番《ちょうつがい》からもぎ取られそうな勢いで開かれ、
バカ息子が現れた。

ほら、聞こえた。

「おまえ――何で……」

バカ息子を無視し、計は絶句する西條に「申し遅れました」と笑いかける。

「国江田計と申します」


「……なるほど」

西條はゆっくり頷いた。

「確かに、思っていたのとずいぶん違う」

どういう意味だか。

「で、いったいどのようなご用向きで――ちょっと失礼いたします」

玄関から物音がしたので、どうやらラスボスが帰ってきたらしい。西條が席を立つと、計は潮に「座れば」と言ってやった。

「おい、計」

困惑と焦《あせ》りと、それから隠しきれない喜びが混ざった潮の顔は、普段してやられてばかりなだけになかなか痛快だったが、楽しんでいる余裕も説明する時間もない。

「座ってろ。そんで、これから俺のやることに一切口出すな。絶対、絶対うまくやるから」

潮は見えない何かをぐっと飲み込むと「分かった」とだけ答え、計の真向かいに座った。それとほぼ同時に、この家のあるじが入ってくる。無言のまま上座《かみざ》に腰を下ろし、およそ感情の色がない目で計を見た。

「ご用件を、伺いましょうか」

しかし会話をする気はないのか、その背後に控《ひか》える西條が改めて尋ねた。帝《みかど》かよ。

「お礼とご挨拶に」

「と言いますと？」

「その節は、僕が出馬《しゅつば》する旨《むね》の風説《ふうせつ》の流布《るふ》ありがとうございました」

「何のお話だか分かりかねますね」

「多大な迷惑を被《こうむ》り、腹も立てましたがそのうち政界に興味も湧いてきまして、次の選挙には出てもいいかなと」

潮は腰を浮かせかけたが、計の言葉を思い出したのだろう、顔の前で両手を組む。

「それはそれは」

まったく本気にしていない口調で西條はうすい笑みを浮かべる。

「ご健闘をお祈りしますよ」

「つきましては、このあたりにいい不動産屋があればご紹介していただきたいんですが」

「はい？」

「だ、か、ら」

計は目の前のテーブルを爪でこんこん叩いた。

「出ます、ここから、東京1区から、無所属で。いつ解散になるか分かりませんが、まずは住民票を移さないと。事務所とかも必要ですし」

西條の眉根が一気に寄る。

「ごあいさつっていうのはそういう意味ですよ。次の選挙に若宮先生が出るのかそっちのバカ息子が出るのか知りませんけど、まあどっちにしても負ける気はありません」

本気を出したら誰にも負けない、と潮が保証したのだから。

「こんな夜更《よふ》けに、ご冗談を言いにいらしたんでしょうか」

「何がですか？　与えられた被選挙権《ひせんきょけん》を使うだけですよ」

「失礼ながら選挙のルールもご存知ないようだ。無所属で出るというだけで大きなハンデなのに、本気で当選するおつもりで？」

「知ってますよ、無所属は政見《せいけん》放送もなければビラやポスターも限られてる。でも逆にお伺いしますが、どうしてそんなのがハンデだと思うんですか？　全国ネットの、時間帯トップのニュース番組で名前と顔を売ってるのに」

地盤《組織》もカバン《金》もないが、国江田計というでかい看板だけは持っている。

「そのニュース番組で、確かあなた、出馬を明確に否定されたはずですが」

「大人の嘘ですから。そういうものでしょう。許されますよ」

「ご自分の人望にずいぶん自信がおありなんですね」

「もちろん」

言い切ってやる。隙を、弱さを、ちゅうちょを、一瞬でも見せたら負けてしまう。ハッタリなら向こうもプロで、年季ではとても敵わない。だから攻めて攻め続ける。迷うな。意識しろ。強く刺さる声、相手を圧倒する声。楽に勝てる選挙はないと知り尽くした本職だからこそ、針穴ほどでいい、脅威だと感じさせれば分《ぶ》がある。

「どんなネタを流してくださっても結構ですよ、その代わり出どころの話になれば、対立候補の工作だと誰もが思うでしょうね。結局条件はイーブンだ――どうします？」

未だ一言も発しない若宮誉に問いかけた。

「もしも僕が負けたとして、フリーのアナウンサーで仕事の口はいくらでもある。あなたが失うもののほうが遥かに大きい。それとも比例名簿に載せてもらって保険かけますか？　常勝《じょうしょう》の若宮誉には屈辱でしょうけど」

西條の顔が不愉快そうにゆがんだ。

「いい加減に――」

「んなもんこっちの台詞だボケっ‼」

計はテーブルを叩いて立ち上がる。

「先にケンカ売ってきたのはそっちだろうが！　買ってやるっつってんだよ光栄だろ⁉　お前らが俺の居場所取り上げるんなら、俺もおんなじことして何が悪い？」

思い知らせてやる、と言った。

「大事な大事な縄張り奪い取って、若宮誉のポスターなんか一枚残らず引っぺがして燃やしてやる。東京1区の犬だって、あんたじゃなくて俺に尻尾《しっぽ》振るようになる。さあ選べよ、俺たちに首突っ込むのやめるか、選挙でやり合うか」

どの程度本気に受け止めているのか、腹の内をみじんも探らせない男を見据《みす》えた。うなじにつめたい汗が流れる。誰も口を開かず、誰もが若宮誉を見ていた。

その沈黙を破ったのは、携帯の着信音だった。

「——はい」

この場に自分しかいないように平然と若宮が出る。

「ええ……そうですか、分かりました。お受けしますよ。はい、では」

短い通話を終え、携帯を内ポケットに戻すより早く計は言った。

「おめでとうございます」

初めて、男の顔にかすかな揺らぎが生じた。計にはそう見えた。

「今の、総理からですよね。以前の映像で総理と電話されているのを見ました。あの時と同じ着信音だった」

それだけなら弱い根拠だが、この時間、この状況でためらわず出るからには無視できない相手、そして「お受けします」という言葉。計はさらにぶつけてみた。

「選挙の話の後で何ですが、すくなくとも今国会中に解散はしない。それが総理の腹づもりなんじゃないですか？」

「なぜ」

初めて、計に向かって口を開く。

「今の尾崎《おざき》総務大臣、だいぶ金の面でグレーだから検察が動いてて立件《りっけん》もありえるって話ですよね。もともと、声だけでかい年寄りの派閥に配慮した登用だからこれ幸いと切って後任にあなたを充《あ》てる。問題は野党が色めきたって内閣不信任案を出してくることですが、逆に先手《せんて》を打てばいい。内閣信任案を提出する」

信任案が可決《かけつ》されれば、不信任案はもう使えない。ただし、信任決議には結局一時的な延命《えんめい》効果しかなく、その後の選挙では勝てない、というのも定説《ていせつ》ではある。

「総理がくどいぐらい口にしてた『ジンクス』って、増税《ぞうぜい》じゃなくて信任案のことでしょう。すぐにでも解散するふりでしない。まずは信任決議を通す。間違っても造反者《ぞうはんしゃ》の勢いが強くならないよう、若宮先生は閣僚《かくりょう》ポストと引き換えに根回しを担当する。その過程で党内の反対勢力を洗い出しつつ古いしがらみを切り捨てて刷新《さっしん》アピール、国会が閉じてから総理が本当に組みたかった布陣《ふじん》で内閣改造、もちろん若宮総務大臣もそこにスライドする。だから解散は早くても秋以降だ」

話の途中から若宮はじっと目を閉じていた。背もたれに身体を預け、さもゆったりと眠りに入ったようにも見えるが、心の動きを悟《さと》らせないためだと思った。そしてうっすらまぶたを持ち上げると「誰に吹き込まれた与太話だ？」と尋ねた。

「特に誰ということは。断片を拾い集めて自分なりにつないだだけです。僕が総理ならこうする、という与太話ですね」

「『総理なら』」

「ええ」

身の程知らずをあてこする復唱《ふくしょう》にも笑ってみせる。

「アナウンサーって、ただのおしゃべりじょうずなマネキンじゃねえんだよ」

すると意外なことに、若宮は笑った。政治家モードにこしらえた作り置きのにこやかさでなく、偶然面白い光景に遭遇してしまった時の突発的でちいさな笑い。しゃっくりのように揺れた肩はしかしすぐにぴたりと止まり「西條」と平熱の声がする。

「はい」

「車を呼んでお引き取り願え。ふたりともだ」

「……分かりました」

そして立ち上がり、部屋を出て行こうとする。潮が「おい」と呼ぶと、背中は振り返らないが、足は止まった。潮は、そうされたらされたで困ったように一瞬うつむいたが、すぐに顔を上げて、言った。

「十五年間、お世話になりました」

短い感謝と決別に、はっきりとした答えはなかった。ただ、一言だけ。

「とんでもないのを引っかけてきたもんだな」

西條が呼んだタクシーが来るのを、門の前で待った。いつの間にか、粉雪がちらちら舞っている。冬の終わり、春の初めの淡い雪。

「潮さん」

西條が言った。

「うん?」

「奥さまの墓前にマスコミを呼んだのは私です」

潮は黙ってコートのポケットに両手を突っ込んでいる。

「先代の先生が亡くなった時には、なぜあなたじゃなかったのか、あなたが代わりに死ねばよかったのに、と誉さんを責めました。その問いは、きっと今もあの人を苦しめている」

「うん」

聞こえないくらいの声で答えたかと思うと、妙にさっぱりした苦笑いで「でもやっぱむかつくしさ」と肩をすくめる。

「俺、あんたのことは今でも嫌いじゃない。選挙の日には、朝から晩まで投票所の前に張り付いてたこととか、覚えてる。でも親父は……いろいろ混ざってる。たぶん向こうもそうで、何でかって、そりゃ親子だからだろ。血がつながってるからきれいに割り切れねえんだ。優しくねえ、仲良くねえ、でもそういう親子だって、まあ、ありだろ」

「……あなたが、それでいいなら」

「うー寒い……おーい、布団はどこだ」

姿をくらましていた江波がひょっこり外までやって来た。計の叫び声が聞こえていなかったはずはないが、我関せずを貫《つらぬ》いてくれるつもりらしい。

「布団？　お帰りになるんでしょう」

「誉は泊まってもいいと言ったぞ……おっ」

潮を見てにかっと笑い、「手を出しなさい」と言う。潮が戸惑いつつ手のひらを差し出すと、手品のように袂《たもと》から次々に飴を出しては載せた。

「たくさんやろう」

そしてぐっと手を伸ばし、潮の頭をぐしゃぐしゃにしてやわらかく目を細めた。

「……ありがとうございます」

「大きくなった、ああ大きくなった、よかったなあ」

計が出会っていない、十五歳の潮がそこにいた。タクシーの提灯《ちょうちん》が近づいてくる。

車に乗る時、潮が耳打ちした。

「どう考えても、引っかけられたのは俺だよな。出会いも当たり屋されたようなもんだし」

「うるせーよバカ息子」

首尾よく奪還《だっかん》した後を考えていなかったので、実はすこし緊張していたのだけれど、そのやり取りでいつものテイストに戻った。そう、「いつも」があるぜいたく。

しかし、潮が運転手に指定した住所を聞くと思わず腕を摑んだ。

「おい」

「え?」

だって、そこもう跡地……こいつもしかして何も知らねーのか? さっきとはまた違う冷や汗がにじんできた。

「何だよ」

「えっと」

さすがに言いづらい、というか言えない。おいおいどう処理すんだよこの空気、あの親父一発ぐらい殴っとくべきだったか?

「あの、行き先どうします?」

「さっきの住所にやってください」

潮ははっきり言うと、挙動不審に陥《おちい》った計の背中を軽く叩いた。

「大丈夫、何となく察しついた。ちゃんと自分の目で確かめるから」

「……分かった」

潮の祖母に会ったこと、母親の手術のこと、江波のことだっていろいろ話したかったのに気がかりが重く、道中は「大阪で野球ってなに」とか、さほど重要でない話題に終始した。

そして、ついこの間まで家だった空き地の前に到着すると、事態を把握した潮は天を仰《あお》いだ。

「あーやられた……まー、パソコンとか機材は貸し倉庫に移してたし……」

軽くぼやいて計に向き直り「ごめん」と言った。

「お前、ひとりん時に見ちゃったのか？　びっくりしただろ、ごめんな」

計は、平手で潮の頬を叩いた。いつかのような全力ではなかったが、ぱんっ、と乾いた音が立ち、潮はぽかんと計を見返す。

「違うだろ‼」

むずがゆい熱が手のひらを覆《おお》い、そこに雪がひとひらくっついてすぐに溶けた。ふるえる指先を握り込んでしまうと、その拳《こぶし》を潮の肩に押しつける。

「違うだろ……」

またお前はそうやって。そんなふうに気遣われたって、嬉しくなんかねえよ。

「うん。ごめん」

こわごわと、卵をくるむように抱き寄せられた。

「悲しいよ、俺んち失くなっちゃった。でも、いちばん大事なものはちゃんとある。計のおかげだ」

ぎゅうっと目を閉じ、計は遠慮なく、潮を力いっぱい抱き締めた。そしてようやく、今だ、と思えたので腕の中でぐしゃぐしゃに泣いた。


家の中に入り、潮が鍵をかけた音を背中で聞くと計は玄関にへたへたと崩れ落ちた。

「計？」

「……疲れた……」

考え疲れたし緊張し疲れたししゃべり疲れたし焦り疲れたし泣き疲れたし、今ならハムスターとケンカしても負ける。張り詰めていた神経が一気にぶちぶちちぎれて文字どおり糸の切れた人形みたいになった。全身に乳酸が満ちてる。

「おい、大丈夫か？」

「大丈夫なわけあるか、こえーんだよお前の親父！　二十四時間テレビ仕切るほうがよっぽど楽だわ、やったことねーけど！」

「あー、うん、ごめんくそ親父で」

「まじうちの父ちゃん見習えよ、つか腹減った、脂《あぶら》、脂が切れた……」

「何か作るか」

潮はキッチンに行ったがすぐ戻ってきた。

「インスタントと冷凍以外大したもんねーな。買ってくる？」

「いい」

潮の手首を摑む。

「……どこにも行くな」

潮は屈《かが》み込み「それ、前は俺が言ったな」と笑った。

「俺は物理的には行ってねえよ」

「いやーあれはあれできつかったけど……うん、行かない」

「次はもう助けねえからな」

「行かないから、お姫さま抱っこでベッド連れてってくれる？」

「てめーはこのうえ俺に何を要求すんだよ、Wii Uのリモコンすら持ちたくねーのに」

「ほらポジション的に、お前が王子さまだし」

「そもそも王子さまが重いもん持ってるわけねーだろ」

「じゃあ、俺が持つ」

「え、ちょっと――」

「摑まっててな、王子さま」

膝の裏に腕を通され、どうやら本気らしいと悟《さと》って両腕で潮の首にがっしりしがみつくと、そのまま抱え上げられた。安定感はあるのだが、人の手で宙に浮くという久しぶりすぎる感覚に計は「怖い怖い怖い怖い」と騒ぐ。このシチュエーションでうっとりしてられるお姫さまって度胸あんな。

「すぐそこだからじっとしてろよ」

「落としたら死刑落としたら死刑落としたら死刑！」

「恐怖政治だな～」

結果、それなりに紳士的にベッドへと安置されたので、まあ許してやるけど。

「お召しものも脱がしますか、王子さま」

「いい。自分で脱ぐ……だから、」

「はい？」

「……お前も脱げ」

仏頂面《ぶっちょうづら》で命じると、潮は額にキスを押しつけてから「はあい」とよい子の返事をして裸になった。ふたりぶんの衣類が床にぽいぽい重なる。

「次は『苦しゅうない近《ちこ》う寄れ』って言って」

「殿になってんじゃねーか、世界観ブレブレ」

ベッドの上で、やっと誰からも何からも遮《さえぎ》られずに裸をくっつけ合った。

「……ついさっきまで、お前に言わなきゃいけないことがいっぱいあるって思ってたんだけどさ」

潮が言う。

「ごめん、ありがとう、好きだ。こんだけしか出てこねえ」

「はい死刑」

「何で」

「大事なのがいっこ抜けてる」

「――ああ」

きつく計を抱き締める。

「ただいま」

「……おかえり」

短いお別れ、短い旅、短い冒険。すべて、この瞬間のためだった。

離れていた間の不安や寂しさを埋め合わせようとするみたいに、潮は何度も優しくくちづけた。短く触れては、夢から覚めたような、あるいは夢じゃないかと疑うような、あるいは今初めて出会って、そしてひと目惚れしたような新しい瞳で計を見下ろすから、たいへん照れた。ごめんとありがとうと好きだとただいまを重ねるキス。

数えるのにも飽きるぐらいたくさんのキスを落とし、腕や肩といったきわどくないところに触れながら「緊張すんな」とやたら幼い表情で言った。「ん」と短く答える。やめろ、伝染するだろ。

「なんも説明せずにただ別れてくれって言おうかとか、ほかのやつを見つけてくれとか、もっとすっぱりしたほうがいいのかな、できるかなって思ってた」

猫みたいに鼻先を合わせてすりつけてくる。

「でも無理だった。どうしてもいやだった。自分のことばっか考えてた。……ほんとにごめんな」

計は潮の頬をそっと両手で挟み、すこし距離を取って笑いかけた。

そして、首をぐっと起こして頭突《ずつ》きをかます。

「いっ……て！」

硬度よりはたぶん、身構えが肝要《かんよう》だ。不意打ちを食らった潮は枕に顔を伏せて呻《うめ》いた。

「許すわけねーだろこの愚民《ぐみん》が！」

その後ろ髪を遠慮なく引っ張りながら計は宣言した。

「勝手ばっかしやがって、絶対許さん。この件何度でも蒸し返す、週七で蒸し返す、死ぬまで蒸し返す」

もう二度と、離れていこうなんて思わないように。

「……何で俺ら、揉《も》めるたびに暴力が挟《はさ》まってくんの？」

額を押さえ文句を言うと、潮は本気のキスをする寸前にささやいた。

「死ぬまで傍《そば》にいてくれ」と。

返事は、口を塞《ふさ》がれたのでできなかった。繰り返された接合でうす皮一枚剝《は》がれたように敏感になった唇は、すこしふかく食《は》まれるだけでじんとした電気にやられ、歯列《しれつ》や上顎《うわあご》を舌でなぞられると、あっという間に性感が張り巡らされて口腔を熱帯にした。

「んん……っ！」

発熱はすぐ全身に伝わっていく。刺激を探して乳首が勝手に尖り、軽く嚙まれて吸い上げられればスポイトで朱を垂《た》らされたみたいにたちまち色を変えた。

「あっ……」

ぷくりとしこる芽の中には興奮が凝縮されていて、ごくうすい皮膚で隔《へだ》たってじかに舐めてもらえない不満を、鮮やかな発色であらわにする。舌で指で丹念に嬲《なぶ》られると、線香花火の火球に似た快感がぱちぱち爆《は》ぜた。爪先《つめさき》でぐっと押しつぶされ、その熱を計の中に埋め込まれてしまう。

「ん、や、ぁ」

ぎりぎりの緊張と安堵を味わった身体はくたくたなのにやたらと感じやすく、これが終わったら三日ぐらいこんこんと眠り続けるんじゃ、と本気で不安だ。

でも止められない。

「あぁ……！」

もう、脚の間で性器は上向いていた。弱い裏側を潮に見せつけしなり、その欲求は口唇で叶えられる。

「んっ、あ、あ……っ」

奥まで絞《しぼ》られながらくわえ込まれたから、はしたなく腰がのけぞった。射精の衝動で魚のように二度三度とちいさく跳ねる。

「ふ……っ、ん、やっ」

潮は脚のつけ根の出っ張った骨をするりと撫で、口蓋《こうがい》で先端を擦る。濡れていて生温かくて、すこし奥のやわらかな部分との微妙な境目で小刻みに行き来されると下腹部全体に氾濫《はんらん》してくるような快感を覚えて「むり」とちいさく叫ぶ。

「何が？」

と、今度は唇の裏側で充血する頭部をねぶってみせる。

「ばか、しゃべんな」

「無理って？」

ささやかな段差の描く輪郭《りんかく》をなぞる舌先。

「や、や……我慢、すんの、むりっ……」

「我慢しろなんて言ってねーじゃん」

「だって、あ、やだっ！」

口の中に出すのは申し訳ないしすぐいってしまうのはいたたまれない、でもそんな計の抵抗ごと潮が「ほら」と吸い上げるものだから、吸い込まれたがる情欲をとてもなだめきれない。

「だめ、っん……あ、あぁ……！」

溜まったものがぎりぎりまで引き絞られ、先っぽの亀裂《きれつ》から一気に飛び出していく。容赦《ようしゃ》のない絶頂に腰が長い時間浮いた。吐き出した精液の濃さで体重を失ってしまったようにふわふわと感じられ、再びシーツに沈むと今度は生身の質量を強く意識した。ああ、身体ってちゃんと重い。

「我慢しろっつったらいやいや言って泣くくせに、自分ですんのは好きなの？」

「うっさい！」

何だろう、ずっとしおらしくしてほしいわけじゃないけど立ち直りが早すぎないか。

蹴《け》りつけようとしたかかとをやすやす捕らえ、潮はふくらはぎにくちづけてから膝を無遠慮に胸まで倒す。

「やだっ」

「がまんがまん」

「だから違うって——」

性器より奥まったところをあからさまな視線で辱《はずかし》めてから指先を押し当て、撫で回す。ふたりの体液で湿るそこはすぐ外界の干渉に応じてちいさく絞られた円環の口をわずかにゆるめる。とても原始的な器官だから覚え込まされたダイレクトな快感にとても弱い。

「あ、あぁ……あっ」

内側を、すこしでも許してしまったら、すべて明け渡したのと同じだ。ほら、すぐに指一本、すっかり受け容《い》れてしまった。後はもう交尾できるくらい拡《ひろ》がるまで慣らされるプロセス。前後に摩擦する指で、自ら濡れてよだれをこぼしていると錯覚するほど旺盛に施《ほどこ》してくる舌で。

「ああ——あっ、やぁ、あっ……」

ふたつの異なる感触が、陣地を争って狭い内部を満たす。内壁はどっちも欲しがって大きな収縮で吸いつき、うねるようにひくつく。背徳を伴《ともな》う寒気が、すぐさま熱に置き換えられて全身うっすら感電したように敏感になっていた。

「や、ああ、っ」

「計」

ぬめりを粘膜に浸《し》み込ませながら潮が呼ぶ。

「一緒にしようか」

「え?」

言葉の意味がとっさに分からず、手首を引かれた時も、また頭をもたげ始めている性器に触れさせられるのかと思った。でも潮はそこよりもっと後ろに計の手を誘導する。指を嵌《は》められてくちゅくちゅみだらな音でよがる孔《あな》へと。

「――やだ！」

「大丈夫だから」

「やだって、バカ」

指先がきわどいところを掠《かす》め、潮の指がきゅうきゅうに挿《はい》っているのが分かった。交接のふちが果肉のように和《やわ》らいでいるのも。

「や……」

「何がいや？」

怯《おび》えて丸まる指先を一本ずつ甘嚙みしながら尋ねる。

「怖い」

「怖くないよ、何度もしてるだろ？　こんなにやらかくなってんだから」

従順を、前後の摩擦で示してみせる。

「あぁっ！」

何の抵抗も痛みもなく、快楽だけがかき混ぜられた。

「や、っ、いや……そのまま、潮がして」

「だめ」

「なんで、やだ、恥ずかしい」

「だからいいんだよ」

いつもの、あまりたちのよくないからかいかと思いきや、とても一途《いちず》な瞳に覗き込まれる。

「恥ずかしがってるお前、すげえかわいいから。ついさっきまであんなかっこよかったのにって思ったらもうたまんなくなる。恥ずかしいとこも、ぜんぶ俺のものにしたい」

「……ずるい」

黒い瞳。いつかのような失意の黒じゃなく、欲望でつややかにきらめいている。迷いのない欲望は澄んでいる。うわべの、身体の生理に操られているんじゃなくて、魂から出てきたまっさらの欲だ。とてもきれいで、だから言いなりになってしまう。

「あ――ん、んっ……」

曖昧《あいまい》にほどかれた指を、潮が計のなかに導く。

「ゆっくり……勝手に挿ってく感じ、するだろ。俺、これが好きなの」

「あ……」

潮の指と密着したまま計は自分で自分を浅く犯した。包まれている指と包んでいる内壁、どっちもを感じて軽く混乱する。

「どう？」

「わ、かんない……あつい、かも」

「うん。熱くて狭くて指が気持ちいい。お前のやらしー身体、大好き」

計の指が半《なか》ばまで埋まると、潮は文字を書く練習をさせるみたいに軽く力を込めてそれを動かした。

「——ここ」

「や、なに」

爪の上からぐっと指を押され、粘膜の向こうにある核心を探らされる。

「ああっ……！」

「計の好きなとこ。分かる？」

「あっ、ああ、やっ」

見られないのにこんなに確かにある。発情の種。いつも潮にまさぐられると際限なく乱れてしまう融点《ゆうてん》。全身が溶けていきそうなのに、脚の間だけはっきりと硬直している。

「や、だめ、こんなの……」

「気持ちいいだろ？　ここいじってると、またなかがとろとろになってくんの」

「あぁっ……」

指を呑む内壁は、自分じゃない生き物の大きな舌のようだった。でもそこを自分に掻《か》かれて悶《もだ》えているのは紛《まぎ》れもなく自分で。音のレベルも把握できず引っきりなしに喘《あえ》いでいるのも、生殖器以外ではしたなく自慰をしているのも。

潮がずるりと指を引っ込めても、計は倣《なら》わなかった。小刻みな抜き挿《さ》しで疼く焦点を弄《いじ》り続ける。

「あっ、あ、っん」

「気持ちいい？」

「んっ……いい、いい……」

素直で我慢がきかなくていやらしい後ろの口がきゅうきゅう喘《あえ》ぎ、体内の蠕動《ぜんどう》につられてぴくぴく動く腰の下でシーツがよじれる。

「もう一回、出しとくか？」

ねっとりとした腺液《せんえき》をぽとぽと腹に滴《したた》らせる性器は確かに限界が近くて、でもそれ以上に体内の焦燥《しょうそう》が強烈だった。

「いい……」

計はかぶりを振った。

「いい、から、はやく……っ」

挿入で達したいのだと、ひくつく表皮《ひょうひ》のもっと奥を自分の指であられもなくひらいてねだった。潤《うる》んで充血したところは潮の視線にまたひくりとちいさく竦《すく》んだ。

「ほしい……」

恥ずかしいし、絶対後悔する。でも、それ以上に、おかしくなりそうに求めている肉体を、潮に知ってほしかった。潮のつけた火がどんなふうに燃えて計を焦がしているのか。

こく、と喉の音が聞こえた。

「……やべ、めっちゃ唾《つば》飲んだ」

潮は潮で、相応に焼けつく寸前のものを押し当ててくる。

「あぁ……」

その熱さと硬さが指を掠《かす》め、潤《うる》んだ孔にくちづけてくるだけで陶然《とうぜん》となる。

「めちゃくちゃ気持ちよくしてやるから、めちゃくちゃ気持ちよくしてな」

ああ、ふたりでセックスしている、そう思うと、嬉しくてたまらなかった。

「ん――」

待ち侘《わ》びた身体が、悦《よろこ》んで潮を受け容れることも。しなる熱の棒が後孔《こうこう》をいっぱいに拡げ、潤む粘膜に分け入っていく。

「ああ、あ、あぁ……!」

抱えておくには苦しい、でも手放したくない、官能に内側から灼《や》かれる。

「ん、潮……っ」

「あー、やべ、これは、秒でいく……」

「んっ!」

計のなかを自分のかたちにしてしまうと、潮はぐっと腰を打ちつけてそのまま放った。たっぷりと濃密な吐精《とせい》に奥までよごされた興奮で計もいってしまう。

「ん……っ」

でも互いの身体はまだ終わりじゃないと知っている。発熱して締めつける内部で潮の昂ぶりはすぐに芯を孕《はら》み、精液のぬめりでぬちぬちかき回す。

「あっ……あ、あ、だめ、それ、ゆっくり抜くの、や」

「じゃあ、こう?」

「っ、やぁっ……!」

一気に突き入れられ、ほんの一瞬だけど、呼吸と一緒に心臓も停まった気がした。

「それも、だめ……っ」

「じゃあじっとしてろって? どんな悟《さと》り開いても無理だろ」

「あっ!」

「こんなえろい身体して」

ゆるく穿《うが》ちながら、射精できないから腫《は》れて色づいたままの乳首に舌を這わせる。

「あ、あっ、あっ」

拭《ぬぐ》っても拭っても汗で視界がぼやける、と思ったら涙がにじんできているのだった。

「苦しいか?」

計はかぶりを振った。前髪は額にべっとり張りついて揺れもしない。身体じゅう濡れて溶けて絡んで、こんなの、潮としかできない。潮としかしたくない。

「気持ちいい……」

「うん、よかった」

「やめんな」

「やめられるかよ」

両膝の裏をぐっと抱え上げ、前後というより上下に近い角度で計を貫《つらぬ》いた。

「ああ……！」

頭の中も身体の中も潮でいっぱいで、よそごとの入り込む余地がない。それがひたすらに幸せだった。どこにも行かないで、と思うだけで蹂躙《じゅうりん》をしゃぶる輪はきゅうっと締まり、潮は律動で応える。

ぜんぶある。たったひとつほしいものが、ぜんぶここにある。どこをどうされても快感以外の反応を起こさず、潮の先端が内腑《ないふ》を突き込むたび、ちいさな暴発が腹の中で起こった。過剰なまでの収縮に、潮もおびただしい汗をかいている。

「……いってる?」

「ない、けど、へん……っ」

射精する、という意味ではまだだけれど、似て異なる絶頂の感覚が間断《かんだん》なく下腹部で弾《はじ》けていた。

「あ、ああっ、潮、潮……」

力が入らない両腕をどうにか持ち上げ、抱擁《ほうよう》を求める。

「きもちいい、こわい、こっちきて」

「うん」

潮は脚を持ち上げていた手を放し、計にぴったり重なって抱き締めた。どくどく叫ぶ心臓が傍にある。

「こう?」

「ん、あっ、ああっ……もっと、もっときて」

「うん」

つながった奥、もっと奥、と抱き合いながら挿入を続ける。

「ああ、いい……!」

「計……好きだ、好きだよ」

「うん……っ」

「ああ、もう駄目だ、俺いく、いくよ」

「ん、きて、抱いてて」

互いの腕の巻きついた痕《あと》が残りそうなほど加減なく抱き合う。

「計——」

「んっ……！」

抱き合っていよう。セックスする時、一緒にいく時、眠る時、悪い夢を見た時も。

離れないでいよう。

ついこの間まで、真夜中のタクシーから発光するような桜並木を見ていたのに、気づけば葉桜の桜すら取れてもう完全に「葉」という感じだった。

前任者のスキャンダルに伴《ともな》い若宮《わかみや》新総務大臣が誕生し、旭《あさひ》テレビにも来ていたらしいが計《けい》は見ていない。バカ息子と関係なく接触せざるを得ない場面もこの先ありそうだが、その時になって考える。このままとんとん拍子にそーりだいじんとかになっちゃったら……それもその時考える。選挙の報道も、一部で根強くありつつずいぶん下火になり、国江田《くにえだ》アナ出馬《しゅつば》にいつまでも食いつかずとも、日々新しいニュースが膨《ふく》らみ弾《はじ》けては消える。身勝手で飽きっぽくて忙《せわ》しない、世間というものに食わせてもらっている仕事なので、まあそんなもんだと思うだけだった。

終わってみたら何だって「そんなもの」で、「そんなもの」じゃないうちは、続いている。いいことも悪いことも。早く「そんなもの」にしたくてもがく者にも、「そんなもの」にしてしまいたくなくて抗《あらが》う者にも、等しく時間は流れている。

潮《うしお》を居候させてやるぐらいの温情はあるというのに（金は取るけどな）、計の部屋におとなしく留まったのはものの数日で、さっさと家具つきマンスリーを契約して仮の生活を始めてしまった。どうしても、衣食住のベースを自分で築いていないと落ち着かないらしい。仕事と並行して本宅探しをしているようではあるが、計のマンションの空き部屋に何の色気も示さなかった時点でむかついたので勝手にしやがれと何の口出しもしておらず、詳細は不明だ。近くて気楽で、何より潮らしかった、あの家より好きになれる場所なんてどうせ見つからないし、きっとどこに決めても文句を言ってしまうに違いない。

寂しくなるのが分かっていてもたびたび空き地の前を通りかかって、性懲《しょうこ》りもなく寂しくなった。そんな夜にたまたま潮が来ていると、言葉すくなにくっついて眠った。体温を感じながら目を閉じている時だけ、あそこに帰れる。

「国江田くん、あーそーぼー」

早朝に突然潮がやってきた。ウイークデイの仕事からようやく解放された土曜日の午前六時、というか気持ち的には今寝たとこだよこのバカ。

「あーとーでー……」

「車借りてきたから、ドライブしようぜ」

「マリオカートでいい」

「またまた」

「やだよめんどくせえ。ひとりで存分に峠《とうげ》攻めてこい」

「俺の新居、見たくない？」

「え」

計はようやく完全に目を開く。

「……もう決定？」

「うん」

こっちも知らん顔してたとはいえ、駄目出しする気満々だったとはいえ、普通候補絞《しぼ》った段階で相談しますよね立地とか間取りとか。見たくないって寝てやろうか、いやでも正直見たい、いやでも……と葛藤《かっとう》している間に「起きたな」と掛け布団を奪われた。

「まだ決めたわけじゃ」

「この時間だし、誰にも会わねえと思うからジャージでいいよ」

もうちょっとごねてもよかったが、潮がやけに楽しそうなのでつき合ってやることにした。

しかし身なりは一応国江田さんで整え、ドライブスルーで朝食を買う。

「……てか、遠くね」

「朝めしぶん遠回りしてんだよ。局挟んで大体等間隔《とうかんかく》ぐらいの距離かな」

遠いやんけ。せめて俺んちから二駅圏内に絞る思いやりはないのか？　だんだん見たくなくなってきた。

「不満そーだな、めし足りなかった？」

「べーつーにー」

ハンドルを握る潮は変わらず上機嫌で、ますますテンションが下がる。

着いたのは、運河のすぐ近くのエリアだった。コインパーキングに車を預け、潮は五階建てのビルに計を案内する。そう、マンションじゃなくてビルだった。ずどんと四角く、渋茶色の外壁とアール窓が目を引く、レトロな意匠《いしょう》の。こぢんまりながら細かい装飾を施《ほどこ》されたファサードといい、かなり年季が入っている。古くて背の低い雑居ビルだらけの、昭和からアップデートされていなさそうな一角の中でそれなりになじんでいて、何気なく前を通っていると違和感はないが、立ち止まって見上げると年代の開きに気づくだろう。

「築何年？」

「八十年ぐらいじゃなかったっけ」

まじか、江波《えば》じいと変わんねえ。

潮がパーカーのポケットからキーホルダーを取り出すと、じゃらっといくつもの鍵が重たげに揺れた。

「どんだけ？」

「いや、ぜんぶいるんだって、まずこの正面玄関だろ」

木枠《きわく》に磨《す》りガラスの嵌《は》まった、これまた懐かしい両開きの扉を開けると、集合ポストと案内板、それに階段がある。

「エレベーターは?」

「ない」

「何階?」

「五階」

「げ……」

遠いわだるいわ、もういやがらせだろこれ。

プレートに書かれているのは有限会社や株式会社、それに税理士や司法書士といった個人事務所の名称ばかりだった。「5F」のところには斜線が引いてある。

「住居にしてるのは五階だけなんだよ。B1はテナント用の倉庫になってんだけど、ちょうどひと部屋空いてるから、スタジオ代わりに使わせてもらうつもり。土日は基本的に無人になるし、平日も夜十一時にはビル施錠《せじょう》する決まりだから鍵いんの」

コンクリート造りのひんやりした階段にはチョコレート色の手すりがつき、踊り場には窓から射す光がぽったり溜まっている。旧校舎の趣《おもむ》き。潮がここに目をつけた気持ちはよく分かる。五階へ続く踊り場には「立ち入り禁止」の立て看板が、上りきったところにはまた扉があった。ここは二十一世紀を感じさせるオートロックの鉄扉だ。

「写真撮りたいとかで入ってきちゃうやつがいるから、後からつけたんだって」

と、また別の鍵を出して開ける。玄関と、倉庫にも鍵があるだろうし、それから五階、ここまでですでに三本。

オートロックを解錠《かいじょう》すると、廊下の突き当たりにも同じような扉が見える。

「外にも螺旋《らせん》階段ついてんの」

と説明してから二軒あるうち手前のドアに鍵を挿《さ》し込んだ。ということは計五本、うっかりおまわりさんに声をかけられたら無用な誤解をされかねない。計もここに出入りするなら同じ装備が必要なわけで、そうなると日ごろ持ち歩くのが六本。うわめんどくせえ。

玄関の狭さや天井の低さに時代を感じたが、中はきれいだった。ちいさな部屋で区切られた2DKで、ベランダの向こうはもう運河だ。対岸には三角屋根の大きな倉庫がコピペされたみたいに並んでいる。

「水回りのリフォーム終わったから、あとは壁ぶち抜いてでかめのワンルームにする予定」

「予定って、勝手にやって大丈夫かよ」

「平気平気」

潮は鍵束の中から一本取り出すと「はい」と計に差し出した。

「こっちがお前んちの鍵」

「いや合鍵だろ？」

「いや、お前んちでいいの」

壁の向こうを指差して示す。

「それ、隣の鍵な」

「……は？」

「いいだろ、ここ。平日昼間しか人の出入りねえし、窓の外は川だし、駅からはちょっと歩くけど会社からの距離は変わんねえし、暮らしやすいと思うけど。間取りはこっちと左右対称」

それで、「局挟んで」なんて言い方をしたのか。

「いや、えー……」

悪い話ではない、と思う。でも突然の話で頭がついてこない。宅配ボックスがないとか？

……こいつに受け取らせりゃいいのか。

「お、お家賃は……？」

広さはこっちが上、立地と新しさなら今の家、でもこういう古い物件にあえて住みたがる連中も多くて最近は人気だとも聞く。その「あえてね」賃をぼったくられて案外高かったりして。潮に払える範囲なら大丈夫だとは思うけど――。

「あー、家賃ね」

潮は重々しく頷き、言った。

「いくらがいい？」

「え？」

「このふた部屋、一応俺の持ちもの」

「はぁ？　買ったの⁉」

好きにすりゃいいけど、現状ホームレスのくせに買うか。

「もらうことになった」

「誰に！」

「ばあちゃん」

ここは、元々土地も上物《うわもの》も父方の曾祖父《そうそふ》のものだということだった。完全なオフィスビルだったのを、孫——つまり潮の父——の結婚に合わせて最上階だけ住居に改築し、若い夫婦への祝いとした。

「だから、俺も二歳までここで暮らしてたんだよ。全然覚えてねえけど。あっちの家でいろいろあって戻ることになった後も、母親が気に入ってたからって貸さずに手入れだけしてたらしい。で、お袋が死んだら、ばあちゃんが五階部分の名義っつうか、権利？もらったんだって」

しかし祖母は腰に持病があってエレベーターのない家には住めず、管理会社を通じ賃貸に出して収入を得ていたのだが、店子《たなこ》とのちょっとしたトラブルが続いたのをきっかけに、ここ数年は空き部屋のまま遊ばせていた、という話だった。

「住むとこあったんなら最初から言え！」

「いや、存在すら知らなかったんだって。部屋探してるって何気なくしゃべったら『じゃあそこで暮らせば？』とか言うからびっくりした」

「ああ……」

合点《がてん》がいった。彼女は言えなかったのだろう。暮らすどころか、そんな話聞きたくない、と拒絶されるんじゃないかと。若宮の家から財産を受け取っていたと知ったら潮は裏切られた気持ちになるんじゃないかと。

そして、今なら大丈夫だと思ったのだろう。

「ずっと隠してたんだからばあちゃんひでーよな」

ぼやいてみせる潮も、きっと分かっている。

「でも、家族でふた部屋ってへんじゃね。ぜんぶぶち抜いて豪邸にすりゃよかったのに」

「それがさ」

計の疑問に、潮はおかしくてたまらないというようすで答えた。

「ひとつは住むとこ、隣は親父のアトリエだったんだって。職業画家でもなかったくせにどんだけ甘やかされてたんだっていう……家もらって、大っぴらにすねかじってたのに、今じゃあんなにでかい顔してさ」

太平楽《たいへいらく》に暮らしていた、という潮の父。もし、もしもその生活が壊れずに続いていたら、潮がここで大きくなっていたら、どんな潮に育ったんだろう。計と出会っただろうか。考えたって仕方のない話だけれど。

「ここにも穴開けて、出入り口つくろう」

壁をこんこん叩いて潮が言う。

「したら中から行き来できるし、書類上は別々の住居なんだから問題ねえだろ？」

「お前んち、たまに客来るだろ」

「そん時は本棚か何か置いて塞《ふさ》ぐ。図書館みたいに、下にレール引いてキャスターでずらせるようにすりゃいいよ。ていうかそしたら冷蔵庫とか洗濯機買わなくてすむし……」

「おい本音が出てるぞ」

「で、どう？　今なら、希望言ってくれりゃ壁に棚でも何でもつける」

改めて打診され、そりゃあもう心はほぼ決まっている、でもちょっと悔しいから「現物見てから」ともったいぶった。

「はいはい」

隣の部屋もそっくり同じ仕様にリフォームずみで、キッチンバストイレは完全に潮の好みで選んだらしいが、特にこだわりはないから気にしない。多忙な王子さまは生活空間のカタログなど見ないのだ。

アイボリーの壁紙がべろんとめくれていたので「貼り替えるんだよな？」と尋ねる。

「おう、貼ってやるよ。砂嵐模様とカラーバー模様、どっちがいい？」

「ノイローゼになるわ」

どうせ新調するんならいいだろう、と壁紙の継ぎ目からぴーっと引っ張る。おお、楽しい。あの、圧着式《あっちゃくしき》のはがきを開く時の気持ちよさに似ている。潮は「子どもか」と呆れ、また隣同士をつなぐ秘密の通路の算段を始める。

計はしゃがみ、足下でたわんでほころびている壁紙を思いっきり引っぺがした。と。

「――おい！」

大声で潮を呼ぶとびっくりして振り返る。

「何だよ、人骨でも出たか？」

「これ……」

冗談にまったく取り合わない計に、訝《いぶか》しげな顔で寄ってくると、同じようにしゃがんだ途端息を飲んだ。

手形、があった。だいぶうすれてはいたが、とてもちいさいのと、普通のと、大きいのと、三つ。子どもと、母親と、父親。きれいな、そうちょうど今ごろの、空色。

それらはとても低い位置にある。おそらく、よちよち歩きの子どもがぺたりとつけた。模様替えでもしていて、ペンキか何かくっつけた手で触ったのかもしれない。

そして、絵に入れるサインのようなアルファベットも添えられていた。UとHとH。

「……花《はな》」

潮がつぶやいた。

「母さんの、名前」

潮と、花と、誉《ほまれ》。

何があったのか潮は覚えていない、計に分かるはずもない。でも、幼い潮が壁に跡をつけ、両親はそれを叱らず、記念写真のように自分たちも手形を捺《お》した。笑って、こんな日々が続くのだと信じて——そういうことにしたって、誰も困らないだろう。

潮は壁をそっと撫で、それから、自分の、大きくなった手をじっと見下ろした。この家で暮らした両親と自分。この家を愛した母の気持ち、母が死んだ後祖母に託《たく》した父の気持ち、今自分に託した祖母の気持ち。きっといろんなことを考えながら。飲み込めることも、飲み込めないことも。

計は、無防備な手のひらに自分の手を重ねた。計の手の甲に、潮の涙がぽたりと落ちる。カーテンもない空っぽの部屋に、朝の陽が真っ白く射し込む。

ここには何もなくて、ふたりだけで、手をつないで、ただ始まりの光にさらされていた。

AFTERWORD……………………

しるしのありか

あとがきに代えて

―一穂ミチ―


「お前、部屋どうする」

潮《うしお》が尋ねた。

「どうって?」

「いや、左右交換したけりゃまだ全然間に合うし」

「何で」

「壁紙貼るとはいえ、他人の手形あったらいい気持ちしないだろ。元々、手前より奥の部屋がいいんだろうなって勝手に決めてただけだし」

「別に。逆にお前がそうしたいんなら――あ、やっぱ駄目。こっちの部屋、風呂に窓ついてるもん」

「いやまあ窓はさ、閉めなきゃいけないシチュエーションも多いと思うけど」

何を想定しているのか。

「ていうか壁紙で隠さなくてもいいけど」

寛大、というか適当に計《けい》は答えた。

「……まじで?」

「血痕《けっこん》とかじゃねーし」

「分かった。じゃあ、周りペンキで塗るか」

かくして計の新居の壁は、手形の部分を絵のように四角く残してサンドベージュに塗装された。そしてベッドで隠れて見えないところに、潮と計、ふたりぶんの手形も空色のペンキでこっそりつけてある。

「お前、生命線むちゃくちゃ長いな……」

「手相とか信じてんのか？　頭わりーな、まあ長生きするに決まってるけど」

「あ、アブノーマル線も出てるわ」

「嘘つけ！　てかどれだよ！」

「ひみつ」

ベッドに横たわり、手のひらでペンキ仕上げの壁に触れてみる。ひんやりと硬い、でもここにひそかなしるしがあると思うとよそよそしくはない。潮が後ろからくっついて同じように手を伸ばす時もある。見えるしるしも、見えないしるしも、ふたりだけのものだった。

＊＊＊＊＊　　＊＊＊＊＊　　＊＊＊＊＊

ありがとうございました。

一穂ミチ

この本を読んでのご意見、ご感想などをお寄せください。
一穂ミチ先生・竹美家らら先生へのはげましのおたよりもお待ちしております。

〒113-0024　東京都文京区西片2-19-18　新書館
[編集部へのご意見・ご感想] ディアプラス文庫編集部「おうちのありか イエスかノーか半分か3」係
[先生方へのおたより] ディアプラス文庫編集部気付　○○先生

- 初出 -
おうちのありか：書き下ろし

[おうちのありか イエスかノーかはんぶんか3]
おうちのありか **イエスかノーか半分か 3**

著者：**一穂ミチ** いちほ・みち

初版発行：2016 年 7 月 5 日
第 4 刷：2024 年 8 月 10 日

発行所：株式会社 新書館
[編集] 〒113-0024
東京都文京区西片2-19-18　電話（03）3811-2631
[営業] 〒174-0043
東京都板橋区坂下1-22-14　電話（03）5970-3840
[URL] https://www.shinshokan.co.jp/

印刷・製本：株式会社 光邦

ISBN978-4-403-52402-8